LA VIRAGO.

Par M. H. de Châteaulin,

ANCIEN COLONEL.

Comme elle court, voyez : par les poudreux sentiers,
Par les gazons tout pleins de touffes d'églantiers,
Par les champs où le pavot brille;
Par les chemins perdus, par les chemins frayés,
Par les monts, par les bois, par les plaines, voyez
Comme elle court la jeune fille!

V. Hugo.

II

 Paris,

RAYNAL ET CHEZ PESRON, LIBRAIRES,
RUE PAVÉE-SAINT-ANDRÉ, Nº 13.

1833.

LA VIRAGO.

LA VIRAGO.

Par M. H. de Châteaulin,

ANCIEN COLONEL.

Comme elle court, voyez : par les poudreux sentiers,
Par les gazons tout pleins de touffes d'églantiers,
  Par les champs où le pavot brille;
Par les chemins perdus, par les chemins frayés,
Par les monts, par les bois, par les plaines, voyez
  Comme elle court la jeune fille!

V. Hugo.

II

Paris,

RAYNAL ET CHEZ PESRON, LIBRAIRES,

RUE PAVÉE-SAINT-ANDRÉ, N° 13.

●○○○○●○○○○○○○○○

1833.

LA VIRAGO.

✳✳✳✳✳

CHAPITRE XIV.

✳✳✳✳✳

Un Orage.

Le jour suivant, Henriette travaillait le matin auprès de la baronne, dans l'une des salles au rez-de-chaussée, et leur entretien roulait sur ceux des officiers qu'on avait vus la veille.

« Tu te crois invulnérable ! » disait la baronne en cachant sous une feinte gaîté sa tristesse habituelle. « Mais, moi, je crois que tu n'es pas entièrement franche. Comment, dans le nombre de ces charmans cavaliers qui papillonnent autour de toi, il n'en est pas un seul qui te fasse rêver?

— Pour cela non ! répondait Henriette. Quand ils me disent qu'ils m'aiment, c'est avec des roulemens d'yeux si drôles, avec des soupirs si comiques, avec des mots si ronflans, que j'ai bien de la peine à ne pas leur rire au nez.... Est-ce qu'on est ridicule quand on devient amoureux ou amoureuse?

— On le paraît quelquefois aux gens indifférens. L'amour, en général, nous porte à la mélancolie.

— Ah! fi! de la mélancolie!... Petite

marraine, dites-moi, quel air faut-il
prendre lorsqu'on est amoureuse?

— Tu es une folle!

— Ne doit-on pas faire des yeux en
coulisse, pousser de gros soupirs, pen-
cher la tête, laisser tomber nonchalam-
ment ses mains jointes, ou bien se couvrir
de temps en temps la figure de son mouchoir? » Et Henriette, qui s'était levée,
faisait devant une grande glace toutes
les mines dont elle parlait; bientôt elle
se mit à rire de ses singeries, et avec
tant de franchise et de gaîté, que la baronne ne put s'empêcher de rire aussi;
mais une expression de tristesse se lisait
cependant encore dans son regard; Augustine se disait tout bas que si l'amour
s'emparait jamais du cœur d'Henriette,
il y ferait des ravages bien grands et
bien rapides.

En ce moment la comtesse entra.

« Qu'est-ce qui met donc Henriette dans une si grande gaîté? demanda-t-elle d'un ton fort sérieux.

— Ma marraine, répondit la jeune étourdie, j'ai voulu voir quelle mine je ferais si j'étais amoureuse, et je me suis trouvé une si drôle de figure....

— J'ai à te parler, » reprit la comtesse dont le front se rembrunit encore. Elle embrassa tendrement sa nièce, la regarda d'un air de compassion, et sortit aussitôt suivie d'Henriette.

La jeune fille se sentait un peu interdite de la gravité de la comtesse; cependant n'ayant aucune imprudence nouvelle à se reprocher, elle entra sans crainte dans l'appartement, dont on lui ordonna de fermer soigneusement la porte.

« Henriette, » dit la noble dame avec solennité, et en s'asseyant dans son grand fauteuil, « à quel propos sont venues les plaisanteries que vous vous permettiez tout-à-l'heure ?

— A quel propos ? Mais tout simplement parce que la baronne prétendait que l'un de ces messieurs devait assurément me faire *rêver ;* que j'étais amoureuse de l'un d'eux.

— Et désignait-elle celui qu'elle croyait.... qu'elle présumait....

— Oh ! c'est relativement au comte de L.... qu'elle me fait enrager le plus souvent.

— Savez-vous pourquoi ? »

A cette question, faite d'un ton sec et même dur, Henriette, étonnée, regarda sa marraine, et répondit que non.

« Eh ! bien, je vais vous le dire, reprit la comtesse sévèrement. Soit étourderie, soit.... tout autre chose, vous paraissez ne pas vous apercevoir qu'Augustine change et dépérit à vue d'œil... »

Henriette pâlit, et son cœur se serra.

« Je veux croire, poursuivit la noble dame, que vous n'avez pas remarqué ce changement, ou du moins que vous en ignorez la cause.... Je vais vous l'apprendre. Augustine aime ; *elle aime*, entendez-vous ? Elle a donné son cœur, ses affections, son âme entière.... à quelqu'un que vous devinerez sans que je le nomme.

— Non, je ne devine pas, » répondit Henriette avec candeur.

La comtesse la regarda fixément ; Henriette soutint paisiblement ce regard sans baisser les yeux ; elle se sentait innocente de tout ce dont on pouvait l'accuser.

« Eh ! bien, reprit la noble dame, je *le* nommerai quand il en sera temps. Maintenant vous savez la cause de la tristesse et du dépérissement de ma nièce.... Mais non, je me trompe ; vous savez seulement que son cœur s'est donné, et il s'est donné à un homme dont une autre personne cherche à captiver les affections ; cette personne nous doit tout ; cette personne ne serait rien sans nous ; et cette personne, oubliant nos bienfaits, les payant d'une noire ingratitude, se prévalant de notre indulgence et de

nos bontés, met tout en usage pour enlever son amant à Augustine, pour la
priver des joies du mariage, pour faire
passer de sa tête sur la sienne la couronne de fiancée.

— Ah ! mon Dieu ! est-il possible !
dit Henriette en ouvrant de grands yeux.

— Vous feignez de ne pas me comprendre ! » s'écria la comtesse, qui croyait
s'être expliquée fort clairement, et qui,
prompte à se fâcher, était de plus, en ce
moment, fort aigrie contre Henriette....
« Eh ! bien, cette personne-là, ce modèle
de perfidie et d'ingratitude, c'est vous !
oui, c'est vous qui dérobez à Augustine
le cœur du comte de L.... Vous lui vo-
lez son bien, sa vie....

— Moi ! s'écrie Henriette, effrayée
de la véhémence de la comtesse et de

ses regards, qui semblent vouloir la fou-
droyer.

— Oui, vous! Je vous bannis du château ; je vous ordonne de retourner chez
votre père à l'instant, à la minute.... '

— Mais daignez m'entendre ! dit Henriette qui éclate en sanglots.

—Les beaux discours, les belles pro-
testations ne sauraient démentir les faits.
Voilà quinze jours que je vous observe,
que je vois votre manége.... Il est temps
que cela finisse.... Partez, vous dis-je ;
partez sans chercher des excuses vaines...
Je ne veux rien entendre, rien au monde...
Sortez ! »

Henriette s'élance tout en pleurs hors
de l'appartement. Elle traverse en courant les longs corridors ; la douleur et

1...

l'indignation semblent lui donner des
ailes. Elle sanglote tout haut, et dit
d'une voix étouffée : « Moi! moi! lui
voler son bien, sa vie!.... Moi, chassée!
honteusement chassée!.... »

« Qu'est-ce qu'elle dit donc? » se
demandent l'un à l'autre les domestiques, au milieu desquels elle a passé
sans les apercevoir.

« Elle parle de vol, je crois.

— Oui, oui, elle a parlé de vol! »
dit affirmativement le garçon meunier,
qui achevait, dans la cour, de charger
son âne. « Et j'ai bien entendu qu'elle a
dit encore, que la gracieuse dame venait de la chasser. »

Les domestiques, stupéfaits, se re-
gardent; ils ne savent qu'imaginer, que

penser. Quoi, la favorite de la comtesse ;
quoi, la fille de Jean Pouff, chassée du
château pour vol !....

Le garçon meunier, enchanté d'avoir
une nouvelle de cette importance à répandre des premiers dans le village, se
met en route, et, à grands coups de
bâton, il hâte l'allure pesante de son
âne.

« Savez-vous ? » dit-il à chacun de
ceux qu'il rencontre, « la *Virago* n'est
ni plus ni moins qu'une voleuse, et Son
Excellence, notre gracieuse dame, vient
de la chasser.... C'est la vérité toute
pure ! » ajoute le garçon meunier en
souriant de la stupéfaction où une
nouvelle si étrange jette ceux à qui il
vient de l'apprendre ; et il continue sa
route en criant : « Hue, Martin ! marche
donc !.... Si vous ne voulez pas m'en

croire, allez-vous en au château.... Va
donc, rosse! Est-ce que tu as du plomb
dans les jambes? »

Dans son zèle charitable, le garçon
meunier fait un détour, afin de passer
devant la maison du forestier. Il aper-
çoit de loin le brave Jean Pouff assis à
sa porte, et fumant tranquillement sa
pipe.

« Bonjour, vieux père, dit le garçon
meunier.

— Bonjour, Joseph! répond le forestier. Qu'y a-t-il de nouveau?

— Elle n'est donc pas encore arrivée?

— Qui donc?

— Pardi, la *Virago*.

— Est-ce qu'elle doit venir aujour-
d'hui.

— Dame ! c'est possible : il me paraît
qu'il y a du grabuge au château.

— Comment, du grabuge ? Et le
front de Jean Pouff se rembrunit.

— Elle courait comme une folle vers
le village, criant et pleurant à fendre le
cœur.

— Que dis-tu ? Qu'est-il arrivé à mon
Henriette ? » En faisant cette question,
Jean Pouff se lève brusquement.

— Ma foi, il paraît qu'on l'a prise la
main dans le sac....

— Qui a dit cela, qui l'a dit ? s'écrie
le vieillard d'un air courroucé.

— C'est elle-même, sauf votre bon plaisir. Elle criait : *Je suis une voleuse!, on m'a chassée!...* Bonjour, bonjour..... Tiens! il tombe en pamoison! »

Jean Pouff, en effet, était retombé sur son banc, sans couleur et sans voix, comme un homme frappé de la foudre.

Eusebia, accourue aux cris de Joseph, s'informe de la cause de cet événement; le garçon meunier répète ce qu'il vient de dire.

« Dieu du ciel! » murmure le vieux Pouff en frissonnant de la tête aux pieds. « Entends-tu, femme, entends-tu? c'est elle-même qui a dit.... » Il ne put achever.

« Bon! s'écrie Eusebia; on fait souvent là-haut bien du bruit pour rien.

Elle aura pris peut-être sans permission
un bout de ruban ou de dentelle.....

— Quand elle n'aurait *pris* qu'une
épingle! repartit le forestier d'une voix
tonnante, quelle honte! quel oppro-
bre pour mes cheveux blancs! Chassée,
chassée.... accusée.... Million de tonnerres! qu'elle vienne!.... je sais comment je la recevrai! »

Henriette, tout échevelée, parut en
ce moment.

« Mon père! mon père!... je ne suis
pas coupable! » dit-elle éperdue en se
jetant au cou du forestier. Il la repousse
rudement.

« Halte! lui crie-t-il d'une voix cour-
roucée. A distance! Rien de commun
entre nous deux avant que je sache à

quoi m'en tenir. La comtesse t'a chassée !....

— Oui, elle m'a chassée !

— Tu as.... *volé*, malheureuse !

— La comtesse dit que c'est moi....

— Réponds : qu'as-tu..... *volé ?*

—Il est donc vrai ! Réponds, réponds !
crie Eusebia à son tour. Réponds, fille
maudite ! » Sa voix a l'éclat de la foudre ;
ses yeux brillent de colère ; et cependant Eusebia retient le bras de son mari ;
il s'est armé d'un long fouet, et paraît
tout disposé à en frapper Henriette.

« Un cœur, une couronne de fiancée !
dit la pauvre fille dont la tête est à moitié égarée.

— A qui?... à qui?

— A la baronne.

— Canaille!... tu as volé ta bienfaitrice, scélérate!... Attends!... »

Mais Eusebia se plaçant devant son
mari, le contient d'une main ferme.

« Avant de frapper, dit-elle, laisse-
moi tirer la chose au clair. Réponds,
bâtarde; réponds, gibier de potence:
est - ce le cœur en or garni de brillans?...

— Elle en mourra! la comtesse l'a
dit !_» s'écrie Henriette en fondant en
larmes et en se livrant au désespoir.
« Et c'est moi, c'est moi qui la tue !

— Toi!... tu l'as tuée !.. tu l'as tuée!..

Tu ne mourras que de ma main ! dit le
forestier hors de lui.

« — Nom d'un diable ! s'écrie Eusebia
en fureur, qu'est-ce que tout cela signifie ? Te joues-tu de nous ?.... Parle,
parle clairement.... »

Mais la pauvre Henriette n'était pas
en état de parler ou de répondre ; elle
venait de perdre connaissance ; et, en
la voyant étendue là comme sans vie,
Jean Pouff sentit sa colère s'évanouir à
l'instant.

« Je vais au château, dit-il avec un
gros soupir. Femme, jette-lui de l'eau
au visage, défais son corset.... Mille
millions de cinq cent mille diables ! »

A ce juron bien connu, les chiens ac-
coururent en aboyant.

« Au chenil ! » leur crie Pouff, irrité des caresses qu'ils prodiguent à Henriette.

Prenant son chapeau neuf et sa canne à pomme d'acier, le cœur gros il s'achemine vers le vieux manoir, poussant à chaque pas des soupirs qui ressemblent à des gémissemens.

« Il y a quelque chose ! se disait-il ; bien certainement il y a quelque chose là-dessous.... Dieu veuille que ce ne soit pas ce que je pense ! »

******

CHAPITRE XV.

******

Les Explications.

La première personne que rencontra le forestier en entrant au château, ce fut Augustine.

« Qu'avez-vous, brave Pouff? » de-

manda-t-elle en remarquant, du premier
coup-d'œil, l'altération de ses traits.

« Hélas ! après ce qui s'est passé,
Votre Grâce peut bien penser....

— Comment ? Que s'est-il passé ?

— Je vois qu'heureusement Votre
Grâce n'est pas morte....

— Mais non, je le crois du moins,
repartit la baronne en riant. Vous venez
pour voir votre Henriette ? Elle est en
haut, chez ma tante.

— Je vois encore que Votre Grâce ne
sait rien....

—En vérité, je ne vous comprends pas.

— Mais je ne m'entends que trop,

moi !..... Ah ! voici notre gracieuse dame.... » Et il s'inclina profondément devant la comtesse.

« Bonjour, dit la noble dame d'un ton bref. Henriette est-elle chez vous ?

— Hélas ! oui, Votre Excellence ; et je viens m'informer, s'il est permis de le demander....

— Vous lui direz qu'elle ne reparaisse pas ici d'un mois entier.

— Qu'a-t-elle donc fait ? » dit la baronne avec inquiétude.

La comtesse ne répondit pas, et alla s'asseoir dans l'embrasure d'une fenêtre.

« Ma tante, qu'a-t-elle fait ? » répète Augustine ; Jean Pouff, debout auprès

de la porte, attendait en silence ce que
la noble dame allait dire ; mais elle con-
tinuait de se taire.

« Ma tante, au nom du ciel, daignez
vous expliquer ! s'écrie la baronne sérieusement alarmée.

— Que vous a dit Henriette ? demande
la comtesse au forestier.

— Hélas ! rien qui vaille. Le bruit
s'est répandu... on a parlé... de... vol...
Elle se dit chassée....

— De vol !... Comment ?.. Chassée ! »
s'écrie la baronne.

La noble dame paraissait être assez
embarrassée.

« Henriette est une petite sotte, dit-elle enfin ; elle a pris au pied de la lettre ce que je disais au figuré.

— Ah ! Dieu soit loué ! s'écrie le pauvre Jean Pouff en joignant les mains. Ainsi donc..... Mais je ne comprends pas....

— Vous comprendrez quand il en sera temps. Amenez-moi votre fille demain matin ; mais ce sera pour la remmener sur-le-champ. Je veux seulement qu'on sache qu'elle n'a point perdu mes bonnes grâces.

— Ni mon amitié ! ajouta vivement Augustine.

— Veillez sur elle attentivement, reprit la comtesse ; en ce moment, on en veut à son repos, à son honneur peut-être.... Allez ; de la prudence, et faites bonne garde.

— Oh ! je suis un vieux renard , et les
amoureux n'ont pas beau jeu avec moi ! »
répondit le forestier, dont le cœur était
soulagé d'un lourd fardeau, quoiqu'il
n'en sût pas davantage qu'une heure au-
paravant ; mais quelque chose lui disait
tout bas qu'Henriette n'était pas coupable, dans le sens du moins où il l'avait
compris d'abord.

Ayant salué profondément la comtesse et la baronne, il s'en retourna chez
lui, et la première personne qu'il aper-
çut, placée comme en sentinelle à la
porte de la maison, ce fut Eusebia.

« Je le savais bien, cria-t-elle du plus
loin qu'elle le vit, qu'Henriette n'était
pas une voleuse ! Viens, mon vieux âne
(c'était le nom d'amitié qu'elle donnait
à son mari), elle va te conter de quoi il
s'agit. »

Pendant qu'on s'expliquait chez le forestier, on s'expliquait aussi au château; et Augustine écoutait sa tante avec autant de surprise que de mécontentement.

« Je ne conçois pas, » dit-elle d'un ton où perçait un peu d'aigreur, « que vous ayez pu, ma chère tante, maltraiter ainsi cette pauvre enfant sur un simple soupçon dénué de tout fondement. Aucun de ces messieurs ne vient ici pour moi; aucun d'eux n'a produit sur mon cœur la plus légère impression; Henriette n'est point et ne sera jamais ma rivale. On n'aime qu'une fois dans la vie; je le sais par ma propre expérience, car j'aime encore Edmond de Berg comme autrefois, et je l'aimerai jusqu'à mon dernier soupir. »

A cette déclaration brusque et franche, la comtesse se mordit les lèvres

jusqu'au sang. Augustine, en s'adoucis-
sant un peu, ajouta : « Ne revenons pas
sur le passé.... mais permettez-moi de
vous dire qu'Henriette mérite une répa-
ration. Par.... son imprudence, on la
croit *chassée*.... il faut la rappeler ; il
faut qu'elle jouisse publiquement des
témoignages d'une amitié qu'elle n'a pas
cessé de mériter. Vous donnez demain
un grand dîner ; souffrez qu'Henriette y
paraisse comme de coutume. »

La comtesse, cachant avec peine son
dépit, répondit qu'elle réfléchirait à ce
qu'il fallait faire, et elle se retira chez
elle, fort mécontente de tout le monde,
quand elle n'aurait dû l'être que d'elle
seule.

De nouvelles contrariétés l'attendaient
pour compléter la journée. Eusebia, afin
de disculper Henriette, à laquelle elle

avait fini par s'attacher, autant que pouvait s'attacher son âme cupide, avait
conté toute l'affaire à une voisine ; celleci à une autre, et le soir la discrète Blandine apprit à sa maîtresse que, dans le
village, et jusque parmi les gens du château, des bruits singuliers se répandaient ;
que le nom de madame la baronne s'y
trouvait mêlé....

« Qu'on dise ce qu'on voudra ! s'écria soudain la comtesse impatiemment ;
ma nièce et moi nous sommes au-dessus des sots propos de mes vassaux et
de mes gens. Si l'on me fatigue encore
de cette pitoyable affaire, Henriette me
deviendra aussi insupportable qu'elle
m'était chère. »

Cette réponse fut faite encore le lendemain à la baronne, qui sollicitait pour
Henriette, et qui se trouva ainsi réduite

au silence. Son cœur en souffrait; mais
contredire sa tante dans le moment où
la colère l'animait, n'étant pas le moyen
de raccommoder les choses, Augustine
prit le parti de se taire. Elle avait eu
d'abord le projet d'aller consoler elle-
même la pauvre exilée; elle se borna à
lui écrire quelques lignes bien affec-
tueuses.

« Ma tante, lui disait-elle, n'est plus
» fâchée contre toi; moi, je ne l'ai ja-
» mais été; ainsi, prends patience, ma
» chère Henriette. Ce malentendu s'é-
» claircira avant qu'il soit peu, car ce
» n'est qu'un malentendu. On te met
» *aux arrêts;* garde-les religieusement;
» ne sors qu'avec ton père, et prouve à
» tout le monde, par la sagesse de ta
» conduite, que tu n'as point mérité de
» perdre les bonnes grâces de ta mar-
» raine. Je verrai aujourd'hui notre bon

» pasteur, et je le prierai de te porter
» lui-même cette lettre. Adieu ; je t'aime,
» je t'estime, et je déclare ici n'avoir au-
» cun reproche à te faire. »

Henriette fondit en larmes en lisant
la lettre de la baronne, que le pasteur
lui avait apportée ; mais ces larmes n'é-
taient pas amères comme celles qu'elle
avait versées à torrent depuis la veille.

« Allons, mon enfant, patience et ré-
signation, dit le pasteur avec bonté. C'est
un orage ; il passera.

— Ah ! répondit Henriette, et ses
pleurs redoublèrent, est-ce que je peux
oublier si vite qu'on m'a *chassée !*....

— On vous a momentanément *bannie*
et non pas *chassée*, reprit Sébaldus. Cet

exil, que la comtesse a cru nécessaire, ne sera pas de longue durée.

— Bannie ou chassée, c'est tout un ! s'écria Henriette avec vivacité.

— Console - toi donc, au lieu de te tourmenter comme cela, dit Jean Pouff. J'espère que madame la baronne t'a écrit une jolie lettre....

— Et elle viendra un de ces jours, ajouta le pasteur ; alors tout s'éclaircira ; je le dis comme elle : il n'y a là-dedans qu'un malentendu. »

Mais il n'était pas facile de calmer la douleur qu'éprouvait Henriette. Se voir traitée avec tant d'injustice et de dureté par celle qui lui avait toujours paru être l'image de Dieu sur la terre !... par celle

qui l'avait habituée à une indulgence
sans bornes!....

Jean Pouff et même Eusebia faisaient
ce qu'ils pouvaient pour la consoler et la
distraire. Ni l'un ni l'autre n'osaient accuser, même tout bas, madame la comtesse de n'avoir pas montré en cette circonstance son discernement et sa prudence accoutumés; mais tous deux étaient
intimement convaincus de la parfaite in-
nocence d'Henriette ; elle avait répondu
à leurs questions de la manière la plus
satisfaisante.

Hélas ! rien ne pouvait cependant
adoucir pour la jeune fille l'amertume de
la position où l'injustice de sa marraine
l'avait placée. Elle avait commencé et
déchiré vingt lettres au moins pour im-
plorer la comtesse, pour prouver qu'elle
n'était pas coupable ; mais elle n'avait pu

en achever aucune ; l'idée qu'elle se trouvait bannie de ce château, où elle avait
joui de tant d'affection et goûté tant de
plaisirs, venait bientôt troubler ses idées
et faire couler ses larmes à torrens.

Un soir la baronne se montra inopiné-
ment aux regards d'Henriette, qui se
tenait rêveuse à la porte de la maison
avec son père adoptif. La jeune fille
s'élance à la rencontre d'Augustine en
jetant un cri de joie, et les plus tendres
embrassemens répondent à ses caresses.
Quelques minutes après, toutes les deux
étaient enfermées dans la petite chambre
d'Henriette, assises bien près l'une de
l'autre, et causant avec abandon et confiance.

« Ah ! disait Henriette qui embrassait
à chaque instant l'aimable et affectueuse
Augustine, quel bien cela me fait de

vous voir !.... Si vous saviez comme je
vous aime.... oh ! bien plus que ma marraine !. et puis c'est d'une autre façon !

— Et moi aussi, disait la baronne
attendrie, je t'aime, mon Henriette, du
plus profond de mon cœur. Depuis que
tu nous as quittées, j'éprouve un ennui,
un vide insupportables.

— Et moi donc !.... En pensant à vous,
je pleure nuit et jour... ce n'est pas pourtant avec autant... Tenez, je pleure aussi
en songeant à ma marraine... mais pourquoi donc est-ce que j'éprouve alors
comme.... de la colère ; tandis qu'en
pensant à vous, mes larmes sont douces
comme la rosée du mois de mai ? »

Augustine sourit et ne répondit que
par un baiser. Après un moment de silence, elle dit à la jeune fille : « Tes pen-

sées n'ont-elles absolument que ma tante
et moi pour objet?

« — Comment?

« — Mais..... peut-être..... songes-tu
encore à d'autres personnes.... Dans le
nombre de celles que tu as vues au château.... dans le nombre des militaires qui
venaient....

« — Je les hais tous ! s'écria Henriette
avec vivacité. Oui, je les hais tous, car
ils sont la cause de ma disgrâce, et par-
ticulièrement le comte de L....

« — Mais, Henriette, c'est être injuste
à ton tour. Le comte de L.... ne peut
être accusé de la méprise que ma tante a
faite....

« — Est-ce que vous l'aimez? » de-

manda Henriette en attachant avidement
ses grands yeux noirs sur ceux d'Augustine, qui répondit avec un sourire mélan-
colique : « Non, je ne l'aime pas, mon
enfant; mon cœur appartient encore à
celui.... qui le fit battre pour la première
fois.

— Puisque vous ne l'aimez pas, pourquoi donc le défendez-vous?... Il ne vaut
pas mieux que les autres... je peux vous
le dire, puisque vous ne l'aimez pas. De
lui, du gros-major, du régiment entier,
je ne donnerais pas un *heller;* et si cela
continue, je prendrai tous les hommes
en aversion ! Jusqu'à présent tous ceux
que j'ai connus ne m'ont fait que du
mal, ne m'ont procuré que des désagrémens.....

—Tu exceptes pourtant ton père et le
pasteur?

— Oh! ceux-là ne sont pas des *hommes* pour moi.

— Qu'entends-tu par-là?

— J'entends qu'ils ne songent pas à
m'attirer dans quelque piége en préten-
dant qu'ils m'aiment *d'amour!* C'est
quelque chose de beau que l'amour! Ils
croient apparemment que cela s'achète
comme une chaîne de montre ou comme
tout autre chose; car ils sont toujours à
dire : *Aimez-moi, et vous aurez ceci,
cela....* Ceux du village qui me pour-
chassent, le marguillier comme le bailli,
le meunier comme l'inspecteur, parlent
justement le même langage que le gros-
major, le comte de L.... et tous les autres.

— Ce langage-là, ma chère Henriette,
c'est celui de la séduction, mais non pas
de l'amour.

— Comment parle donc l'amour ?

— L'amour véritable, mon enfant, s'exprime avec autant de retenue, de pudeur et de délicatesse, que la séduction s'exprime avec effronterie. L'amour véritable n'offre ni or ni diamans; il offre du dévouement, de la fidélité; il s'offre lui-même, et ne cherche point à fonder sur le vil intérêt, le retour qu'il demande timidement, en le souhaitant avec ardeur.

— En ce cas, dit Henriette, je n'ai jamais entendu parler d'*amour*; j'ai seulement entendu parler de *séduction*.

— C'est que rien n'est rare comme le véritable amour.

— Pourquoi cela ?

— Parce que, mon Henriette, tout ce qui est beau, tous les sentimens nobles, vrais, généreux, n'existent ou ne germent que dans un bien petit nombre de belles âmes; la beauté morale est plus rare encore peut-être que la beauté physique, et pourtant cette dernière, tu le sais, n'est pas commune. »

L'entretien se prolongea long-temps. La baronne parlait de l'amour vrai avec *onction*, si l'on ose s'exprimer ainsi; et Henriette recueillait avidement chacune des paroles que sa bouche prononçait: c'était, pour la jeune veuve, un culte, une religion, que le véritable amour; jusqu'aux tourmens qu'il donne lui semblaient des bienfaits, et la tête d'Henriette, en l'écoutant, s'exaltait.

Aussi, la nuit suivante, la jeune fille

ne dormit guère : ce que la baronne et
le pasteur lui-même avaient souvent dit
de l'amour, revenait à son esprit; elle
se rappelait ensuite ses lectures; elle
comparait la manière dont chacun de
ses adorateurs s'était comporté envers
elle, et la pauvre enfant se livrait tantôt au regret, tantôt à l'indignation.
Dans aucun d'eux elle ne trouvait le plus
léger indice d'amour véritable; excepté
pourtant dans le pauvre Durst. Oh !
pour celui-là, il s'était toujours montré
respectueux, timide..... si timide, que
sa bouche n'avait jamais confirmé ce que
ses yeux disaient fort clairement. Quelle
différence entre sa conduite réservée et
celle de Stoppelfeld et des militaires, y
compris même le gros-major ! Henriette
les mettait maintenant sur la même ligne
que le poète romancier, et les jugeait,
comme lui, capables d'employer la force
pour satisfaire leurs honteuses passions.

L'image de Durst s'offrit en songe à
la jeune fille ; elle se réveilla pénétrée
de reconnaissance pour celui qu'elle se
plaisait à regarder comme son sauveur,
et cependant elle murmurait involontairement tout bas : « Quel dommage qu'il
soit si maigre et si laid ! »

******

CHAPITRE XVI.

******

Déroute complète.

La disparition subite d'Henriette avait
is en émoi le gros - major, le comte
e L.... et ses autres adorateurs, portant
abre et moustaches. Augustine s'était
musée de leurs perplexités, de leur

inquiétude; mais la comtesse en avait
été blessée, parce qu'elle recevait ainsi
la preuve que sa *Virago* était l'aimant
qui attirait au château tant de brillans
papillons aux couleurs variées; et l'on
n'aime point à avoir eu tort, les
surtout.

Heureusement la jeune et aimable baronne était là pour ramener doucement
sa tante au sentiment de la justice, e
tâche n'était pas bien difficile; la noble
dame, à part ses préjugés et son amo
pour la flatterie, avait réellement un b
cœur; bientôt même, grâce à Augus
tine, la comtesse en vint au point
pouvoir rire aussi de l'embarras de
messieurs, qui n'osaient s'informer
même indirectement, d'Henriette;
lieu de chercher maintenant des pré
textes pour prolonger leurs visites, il
se disaient rappelés à la ville par leur

affaires; quelques-uns, après deux ou
trois tentatives infructueuses, ne se mon-
trèrent plus; quelques autres, au contraire, continuèrent leurs assiduités; et
nfin, les plus hardis, ou les plus amou-
eux, se hasardèrent à demander pour-
uoi l'on ne voyait plus la charmante
avorite de madame la comtesse.

« Elle est retournée chez son père. »

Mais cette réponse, faite d'un ton sec,
e suffisait pas : où demeurait-il ce père,
lont jusqu'alors personne ne s'était mis
n peine, parce que les pères, comme les
aris, sont les personnes dont les mili-
aires se soucient le moins dans certaines
irconstances.

Des informations adroitement prises
uprès des domestiques, aidèrent à dé-
ouvrir ce qu'on voulait savoir, et alors

la comtesse se vit rappeler l'invitatio
faite précédemment à ces messieurs, d
venir à Spielberg jouir des plaisirs d
la chasse; le moment était arrivé dé s
livrer à ce divertissement, qu'on aimai
passionnément : si madame la comtesse
le permettait, dès que les moissons seraient finies, ce qui tarderait bien peu,
on se réunirait pour faire une première
battue dans les bois, sous la direction
de son garde-forestier ; et la comtesse
répondait en souriant malignement :
« Je ne doute pas que Jean Pouff ne vous
aide, Messieurs, avec beaucoup de zèle
à dépister le gibier. C'est un fin chasseur;
il connaît toutes les ruses du métier.
Vous pouvez l'aller voir; il vous recevra comme il le doit. »

Le comte de L.... se promit de profiter des premiers de la permission. Plus
entreprenant que ses camarades, il vou-

lait faire une tentative, avant même l'ouverture de la chasse, et un beau matin il se mit en route, à cheval, suivi de deux domestiques.

Ce jour-là, Henriette travaillait tristement dans la petite salle basse de la maison de son père, à côté de la *douce* Eusebia, qui parlait sans discontinuer, et passait en revue, peu charitablement, les filles et les femmes du village. Henriette, absorbée dans ses pensées, n'entendait pas un mot de ce que disait madame Pouff; mais celle-ci ne s'en inquiétait guère; elle était du nombre de ces gens qui parleraient seuls au besoin, et qui préfèrent un auditeur passif à un interlocuteur toujours prêt à placer son mot et à s'emparer de la parole.

La pauvre Henriette, depuis qu'elle était exilée, avait perdu son activité,

sa gaîté; elle regrettait jusqu'au dernier
des habitans du château; elle regrettait
les plaisirs dont elle y avait joui; elle
regrettait sa marraine et la baronne surtout, dont la bonté, l'affection avaient
fait naître dans son âme un amour
vraiment filial; et tout bas Henriette
maudissait de bon cœur les officiers de
dragons, de lanciers et de chasseurs à
cheval, qui lui avaient valu sa première
disgrâce.

Soudain des pas de chevaux se font
entendre à peu de distance; Henriette
se penche vers la fenêtre; elle reconnaît
le comte de L.... en grand uniforme....
Elle tressaille, se lève et disparaît aux
regards d'Eusebia, surprise de cette fuite
soudaine; mais à la vue du beau militaire,
suivi de deux valets en élégante livrée,
qui s'arrête à la porte, Eusebia devine
que c'est là *l'amoureux* en l'honneur du-

quel on a fait tant de bruit au château.

Un peu de curiosité, unie à l'esprit de contradiction inné chez les femmes, pousse la bonne dame à courir à la porte et à répondre, par une profonde révérence, au salut du beau militaire, qui met pied à terre et fait un signe à ses gens. Ceux-ci descendent de cheval ; ils détachent les courroies des porte-manteaux, et, à la grande admiration de madame Pouff, elle voit sortir de ces porte-manteaux des pâtés, des jambons, des volailles rôties, des pains de sucre et des sacs de café ; dans les fontes des pistolets, ont été placées des bouteilles de vin fin ; toutes ces provisions sont portées, en un clin-d'œil, dans la maison, et étalées sur la table, toujours dressée au milieu de la salle.

« Je viens, dit le beau militaire, demander sans compliment à déjeuner à monsieur Pouff. La comtesse a bien voulu m'accorder le droit de chasser dans ses domaines; et monsieur Pouff étant.garde-forestier en chef....

« — Hélas! il est sorti! » dit Eusebia, dont le cœur s'est attendri à la vue de tant de bonnes choses, qui figureraient long-temps, bien long-temps dans son garde-manger.

« Mais il ne tardera peut-être pas à rentrer? Si vous le permettiez, je pourrais l'attendre en votre compagnie?

« — Si je le permets! oh! de grand cœur! » répond Eusebia oubliant à l'instant l'injonction formelle de son mari, de fermer la porte au nez à tous les militaires, sans distinction aucune.

« Vous permettrez bien encore,

ajoute le comte de L...., que mes domestiques préparent quelques-uns de ces
mets, pendant que nous causerons ici ?

— Oh ! de toute mon âme !..... Mais
j'irai les aider, et afin que vous ne restiez
pas seul, je vais appelér Henriette. »

A ces mots, le nom d'Henriette retentit dans toute la maison, tandis que
madame Eusebia monte à l'étage supérieur avec une vivacité sans égale ; les
façons du beau militaire lui ont donné
beaucoup de zèle pour l'obliger.

Mais vainement elle appelle, vainement elle cherche Henriette partout ;
point d'Henriette.

« Par où donc a-t-elle passé ? » se
disait la *douce* Eusebia en murmurant
entre ses dents. « Elle aura sauté par-

3..

dessus la haie du jardin.... La sotte!...
comme si nous n'aurions pas pu laisser
ignorer à son père et à la comtesse.....
Car il n'y a pas besoin du tout de dire
que nous avons reçu une visite.... Que
répondrai-je à ce beau militaire, plus
généreux qu'un prince! S'il se doute
qu'Henriette est partie, il s'en ira......et
les provisions aussi.... »

Après un moment de réflexion, la
bonne dame redescendit, fit en entrant
une belle révérence, et dit d'un air
gracieux : « Henriette va venir à l'instant.... elle fait un bout de toilette....
Ces jeunes filles n'aiment pas à se laisser voir en négligé.

— Il est des femmes, répliqua le
comte de L...., qui n'ont pas besoin
de parure, et qui sont belles, même dans
le plus grand négligé.....» Il s'arrêta

soudain, ne sachant trop s'il serait pru-
dent d'en dire davantage, et de donner
à connaître qu'il savait qu'Henriette était
de ces femmes-là.

— Sans doute, sans doute, » reprit
Eusebia, dont le regard était amoureu-
sement attaché sur la table couverte de
tant de belles et bonnes choses ; « mais
enfin c'est sa fantaisie de s'habiller. »

Tout-à-coup la porte s'ouvre, et Jean
Pouff, accompagné de deux de ses chiens
et la cravache à la main, se montre.

« Ah ! te voilà, mon bon Pouff ! s'é-
crie Eusebia, qui n'est rien moins que
satisfaite de cette apparition.

— Bonjour, » dit-il d'un air rebarba-
tif au comte ; celui-ci s'est levé pour le
saluer avec beaucoup de politesse. « Que
voulez-vous ?

— Je viens, répondit le comte un peu étonné de cet accueil, pour profiter, si vous le voulez bien, de l'invitation que m'a faite la comtesse de jouir des plaisirs de la chasse dans ses domaines.

— Ah! ah! et quel gibier voulez-vous courir?

— Quel gibier?

— Oui, quel gibier?

— Celui qu'il vous plaira, repartit le comte de L.... tout-à-fait déconcerté par cette question, à laquelle il aurait dû cependant s'attendre.

— Celui qu'il me plaira! répéta Jean Pouff avec un sourire moqueur.

— Ecoute, mon vieux âne, dit Euse-

bia d'un ton conciliant, monsieur le colonel serait bien aise de déjeuner ; il a
eu la bonté de faire apporter ces provisions......

— Vraiment ! ce sont là vos munitions
de chasse ? Alors je répéterai ma question : Quel gibier voulez-vous donc
courir ?

— Je ne conçois rien, dit le comte
en se contenant avec peine, à la manière
dont vous osez recevoir une personne
envoyée ici par votre maîtresse....

—Halte ! ne mettons point en jeu le
nom de Son Excellence. Je vais vous
dire moi, la chasse que vous venez
faire. Ce n'est ni aux faisans, ni aux
lièvres, ni aux chevreuils que vous en
voulez ; c'est à une honnête fille que
vous trouvez de trop basse extraction

pour en faire votre femme, mais dont vous vous accommoderiez volontiers pour maîtresse. Ai-je le nez fin ? »

Le comte de L.... voulut répondre ; mais Jean Pouff, sans lui en donner le temps, siffla. A l'instant, quatre énormes chiens se précipitèrent dans la salle en aboyant d'une manière si terrible, que les vitres en tremblèrent.

« Pille ! » leur dit Pouff en montrant la table. En deux secondes, jambons, pâtés eurent disparu ; et le café, le sucre, tombés pêle-mêle sur le plancher, furent arrosés des vins fins qui sortaient à gros bouillons des bouteilles renversées et brisées par la violence du choc.

« Bonté du Ciel ! » s'écriait madame Pouff en cherchant à sauver quelque débris de cet affreux dégât. «As-tu perdu le sens ?...

— Silence! » cria Pouff d'une voix de tonnerre; et il agitait sa cravache d'une manière très significative.

Le comte, assez embarrassé de sa contenance, et craignant, sans trop se l'avouer, qu'on ne lançât les chiens contre lui, fit un mouvement vers la porte en disant : « Je vais de ce pas rendre compte à votre maîtresse de la manière dont vous osez vous conduire.

— Je vous y engage, repartit le forestier; il s'assit paisiblement dans son grand fauteuil, et se mit à charger sa pipe.

— Tant d'insolence ne restera pas impunie, reprit le comte dont la figure était en feu.

3...

— Reste à savoir de quel côté est
l'insolence ! répliqua Pouff.

— Si je n'avais pitié de vos cheveux
blancs, je vous ferais sur l'heure châtier
par mes gens !

— Châtier ! de quoi, s'il vous plaît ?...
J'entends ; on rosserait volontiers le père,
parce qu'il ne veut pas permettre qu'on
essaie de faire de sa fille.... ce que vous
savez bien.

— Monsieur !...

— Votre serviteur très humble. Ex-
cusez si je ne me lève pas pour vous
reconduire ; mais, si vous le souhaitez,
ma meute s'en chargera. »

Étouffant de colère, le comte mit vivement la main sur la poignée de son

sabre..... mais il se détourna brusquement, s'élança hors de la maison, et,
quelques minutes après, il disparut au
grand galop avec ses deux valets.

Ce fut alors que la fureur d'Eusebia
éclata sans contrainte. Tout ce que la
langue allemande peut fournir d'injures
et d'invectives tomba comme grêle sur
l'impassible Pouff; il jouait avec sa cravache, regardait en riant ses chiens dé-
vorer les pâtés, les jambons, les volailles rôties, et il fumait sa pipe aussi
paisiblement que s'il ne s'était rien passé
d'extraordinaire.

« Ah! te voilà, bâtarde! » s'écrie Eusebia à la vue d'Henriette, qui était rentrée sans bruit; mais un soufflet bien
appliqué sur la joue d'Eusebia, lui coupa
brusquement la parole; c'était Jean Pouff
qui l'avait donné; et c'était la première

fois qu'il faisait sentir à sa femme la pe-
santeur de sa main.

Les cris de madame Pouff, à ce traitement barbare, redoublèrent ; mais ces
mots, accompagnés d'un coup de cravache : « Si tu ne te tais, je t'assomme ! »
produisirent un tel effet, qu'à l'instant
on n'entendit plus que des soupirs et
des sanglots.

Henriette, chagrine du traitement que
venait d'essuyer, à cause d'elle, sa mère
adoptive, dit en élevant la voix : « Ah !
mon père, pouvez-vous frapper une
femme, et la vôtre surtout !

— Je regrette, répondit Jean Pouff
sans sourciller, de ne l'avoir pas fait
plus tôt. Une femme comme la mienne
n'est pas une femme, c'est Satan en personne ; c'est Satan qui vendrait son âme

et celle des autres, comme Judas a vendu notre Seigneur. Henriette, je vais faire un rapport à Son Excellence notre bonne comtesse ; elle saura que tu n'as pas voulu voir le comte de L.... ; elle saura que tu t'es conduite en brave et honnête fille, en venant me chercher....

— Je suis bien fâchée à présent, s'écria vivement Henriette, de n'avoir pas parlé moi-même au comte de L.... Je n'ai besoin de personne pour mettre en fuite les insolens ; et si je m'étais doutée des présens qu'il osait apporter, je serais restée pour les jeter moi-même par la fenêtre. »

Un gémissement d'Eusebia interrompit Henriette.

« Hum ! la scélérate ! dit Pouff entre ses dents. Elle les pleure bien plus que

le soufflet et le coup de cravache.... Sais-
tu bien, vieille avaricieuse, que tout
cela était empoisonné?

— Empoisonné! répète Henriette; et
elle veut arracher aux chiens les débris
du déjeuner manqué.

— Laisse-les tranquilles, reprit le forestier avec un sourire. Je parlais en
figures, comme notre pasteur. Je voulais dire seulement que c'était un appât
pour amadouer ta gardienne, dont l'a-
varice et la gourmandise sont passées en
proverbe dans le pays. Femme, écoute;
si tu as envie de renouveler connaissance avec ma cravache, tu n'as qu'à
ouvrir la porte au premier de ces frelu-
quets qui viendra rôder aux environs;...
c'est-à-dire s'il en vient maintenant;
car je crois avoir mis en déroute tout le
régiment. »

Pouff, à ces mots, se leva et sortit, laissant à Henriette le soin de consoler Eusebia, et de faire disparaître les traces du désastre dont les chiens avaient si bien profité, qu'ils ne firent qu'un somme jusqu'au soir, sans s'inquiéter de l'heure du dîner.

CHAPITRE XVII.

Les Prétendans.

« Tous les hommes sont des monstres ! » dit Eusebia avec colère dès que
son mari fut parti. « Jeunes, on nous
pourchasse ; vieilles, on nous bat !.....
Mort non de ma vie !..... voilà la pre-

mière fois qu'il met la main sur moi!

— Et ce sera la dernière, répondit
Henriette doucement; oui, ce sera la
dernière, si vous voulez m'en croire.
Tenez, ma mère, en cette occasion,
convenez que vous n'aviez pas raison!
Convenez encore que, bien souvent, vous
répliquez de façon à lasser la patience
d'un saint....

— Et Saint-Jean Pouff n'est pas plus
un saint que je ne suis une sainte!

— Le rôle d'une femme, reprit Henriette, la baronne me l'a dit au moins
cent fois, est celui de l'obéissance et de
la douceur!

— Mille dieux!.... je voudrais te
voir en ménage; oui, je voudrais t'y
voir!

— Mais enfin, ma mère, un homme doit-il être, oui ou non, maître chez lui?

— Qui dit le contraire? Ton père n'est-il pas le maître, tout-à-fait le maître? N'en voilà-t-il point la preuve? »

La voix d'Eusebia s'affaiblit, tandis qu'elle montrait de la main les débris dont le plancher était jonché.

«Voyons un peu à nous deux, ajouta-t-elle, si nous ne pourrions pas sauver du naufrage une livre ou deux de café; il est en grain....

— Tout cela est empoisonné, repartit Henriette avec l'expression du dédain; et, Dieu merci, nous n'en sommes pas réduits à une si rude extrémité..... Ma mère, au nom du Ciel, s'il venait encore ici des militaires....

— Sois tranquille, je les mets à la porte, militaires et autres. Je n'ai pas envie de voir troubler la paix de mon ménage, sans qu'il m'en revienne autre chose que des soufflets et des coups de cravache!.... Ah! ma pauvre Henriette, si tu veux m'en croire, ne prête l'oreille ni aux amans, ni aux maris! Les hommes, vois-tu, c'est la plus vilaine engeance qui soit sous le ciel!

— A qui le dites-vous! s'écria Henriette.

— Oui, c'est une vilaine engeance, ce sont des rabats-joie, des trouble-fêtes, des entêtés, des tyrans, des monstres enfin; oui, des monstres, depuis le premier jusqu'au dernier!

— Vous ne pensiez pas ainsi quand vous vous êtes mariée? demanda Henriette naïvement.

— Quand je me suis mariée, le loup se cachait sous la peau de l'agneau, comme c'est là coutume.

— Mon père n'est pourtant pas méchant....

— Il ne l'est pas mal quand il s'y met.

— Mais c'est si rare !

— Tu trouves donc qu'il ne me bat pas assez souvent? »

Henriette hésita, balbutia; elle n'osait répondre comme elle pensait à cette question, et elle était trop franche pour songer à déguiser sa pensée; enfin, elle répliqua en rougissant : « Vous savez bien, ma mère, ce que je lui ai dit tout-à-l'heure....

— Ce n'est pas ça que je te demande.... »

En ce moment un domestique du château entra, et annonça à Henriette que
madame la comtesse la faisait appeler
près d'elle sur-le-champ. Henriette partit, bien contente de se voir délivrée de
l'embarras où l'avait mise la question
d'Eusebia, et inquiète pourtant de la
manière dont on allait la recevoir et de
ce qu'on lui voulait.

« Bonjour, ma *Virago!* » dit la comtesse en lui tendant la main comme de
coutume quand elle entra d'un air timide dans le salon. « Je suis contente
de toi, ajouta la noble dame. Ne parlons
plus du passé; embrasse-moi, et que
tout soit dit. »

Henriette bondit de joie; elle embrassa
cinq ou six fois sa marraine, puis la baronne, puis son père adoptif, et une
demi-heure après elle était installée à

sa place ordinaire, et travaillait à côté
de ses deux bienfaitrices.

La noble dame avait dit : *Ne parlons
plus du passé;* elle fut cependant la
première à en parler. La manière dont
Henriette soutînt un interrogatoire assez
long, fit évanouir tous les soupçons que
la comtesse pouvait conserver encore,
et le lendemain une belle lettre fut
écrite au major, pour le prier d'engager
M. le comte de L.... et ses camarades à
suspendre leurs visites.

« Pour vous, mon cher major, ajou-
» tait la comtesse, vous serez toujours
» le bien-venu ; car vous n'avez pas
» songé à profiter de ma confiance pour
» séduire une jeune fille que je chéris,
» et que j'ai presque adoptée. »

Soit que le gros-major ne méritât pas

cet éloge, et que sa conscience le lui dit tout bas, soit par tout autre motif, il ne répondit point, ne reparut pas, et l'absence de ces messieurs ne fut qu'à peine remarquée.

Henriette se trouvait si heureuse d'être rentrée en grâce, qu'elle était toujours d'une gaîté folle. Ses discussions avec le pasteur, qui venait passer au château les veillées, déjà longues, amusaient la comtesse; sa vivacité, ses manières originales répandaient partout la vie et le plaisir, et, jusqu'à la sévère Blandine, ne pouvait s'empêcher de sourire lorsqu'Henriette contrefaisait d'une manière grotesque chacun de ses anciens amoureux.

Rien ne donne autant d'esprit et d'amabilité que le bonheur; et Henriette était heureuse au-delà de toute expression. Liberté entière lui avait été ren-

due ; comme autrefois elle allait et venait, courait à pied, à cheval dans les
environs ; comme autrefois elle faisait et
disait tout ce qui lui passait par la tête,
et, plus encore qu'autrefois, la comtesse
trouvait tout cela charmant.

Henriette, ainsi encouragée, avait ra-
conté avec franchise ses aventures, jusqu'alors ignorées, excepté pourtant ce
qui était relatif à Durst et à Stoppelfeld.
Dès qu'elle songeait à Durst, elle se sentait rougir, et, sans savoir précisément
pourquoi, elle ne pouvait se décider à
prononcer le nom de son libérateur.
Etait-ce fausse honte, était-ce un sentiment plus tendre et non encore avoué ?...
Elle l'ignorait ; le fait est qu'elle ne con-
fondait pas le pauvre poète avec les
autres hommes, et qu'elle lui conservait
une vive reconnaissance de ce qu'il avait
fait pour elle.

Souvent, bien souvent, Henriette songeait à lui ; elle se représentait le dénûment, la misère où il languissait peut-être, et elle cherchait un moyen certain de lui faire parvenir des secours : l'avait-elle trouvé, l'idée de s'exposer à retomber dans la disgrâce de sa bienfaitrice, d'être encore soupçonnée, exilée, venait soudain glacer son zèle, refroidir sa charité, et les jours coulaient, coulaient avec promptitude dans ces incertitudes continuelles.

« Si pourtant je l'aimais d'amour ! » se disait quelquefois Henriette avec inquiétude ; elle s'alarmait en croyant reconnaître quelques-uns des symptômes que la baronne lui avait annoncés comme des signes certains d'amour.

« Je suis gaie, et pourtant je soupire volontiers, se disait-elle encore ; je ne rougis pas en songeant à Durst, mais je rougirais s'il fallait le nommer; je désire de le voir, mais seulement pour lui offrir des secours; je ne m'ennuie point de ne pas le rencontrer; je ne rêve jamais à lui; je dors toute la nuit sans me réveiller; mes joues ne sont point pâles.... Non, non, ce n'est pas de l'amour que j'ai pour lui. »

Cette conclusion rendait à Henriette toute sa gaîté, et elle terminait son examen de conscience en chantant de bon cœur ce refrain d'une vieille chanson :

« Non, non, je n'ai pas d'amour;
Liron, lirette;
Oui, vraiment, je ris des amours,
Et j'en rirai toujours ! »

Mais si Henriette *n'avait pas d'amour*, elle avait en revanche bon nombre d'amoureux, et déjà la demande formelle

4..

de sa main avait été faite, par plusieurs
d'entre eux à madame la comtesse.

D'abord monsieur le marguillier, dont
la perruque était toujours si bien poudrée, et qui ne faisait plus que chanter
faux, d'une voix tremblotante, dès qu'il
voyait Henriette entrer au temple : il
s'était présenté avec toute l'assurance
d'un sot et d'un fat ; puis un jeune
peintre appelé pour restaurer les pla-
fonds du château, quelques anciens ta-
bleaux, et de vieux portraits de famille.
Le pauvre Abel crayonnait sur les murs,
sur les panneaux des boiseries, partout
enfin, la figure d'Henriette ; tantôt en
lui donnant les attributs des divinités
du paganisme, tantôt ceux des saintes
chrétiennes les plus célèbres, tantôt en
lui prêtant les ailes des anges. Pour celui-là, il ne s'était adressé qu'en trem-
blant à la noble dame ; aussi l'avait-

elle traité beaucoup plus doucement
que le marguillier, dont la présomption
s'était trouvée punie par un refus bien
sec. Quant au jeune peintre, la comtesse
avait pris la peine de lui prouver que
ses espérances de fortune reposaient sur
des chimères; que la *céleste* Henriette
ne pouvait vivre de l'ambroisie dont il
s'enivrait; enfin, qu'il ferait bien de
porter ses vues ailleurs. En troisième
ligne, s'était montré le chef des piqueurs;
il avait dit à la noble dame : « Un mot
de Votre Excellence, et j'entre comme
caporal dans le régiment de monsieur le
gros-major. La fille d'un forestier ne re-
fusera pas de devenir la femme d'un
sous-officier au service de Sa Majesté.
Le gros-major sera charmé d'avoir une
femme comme celle-là dans sa compagnie; il me fera wagmeister, peut-être
bien capitaine, et madame *la capitaine*
sera l'ornement de tout le régiment.

— Vous êtes un impertinent et un
sot, avait répondu la noble dame. Henriette n'est pas faite pour vous. »

Bien d'autres prétendans encore avaient
été éconduits avec plus ou moins de
brusquerie, avec plus ou moins de politesse, et leurs prétentions avaient prêté
à rire à la jeune étourdie, instruite par
la comtesse des demandes qu'on faisait
de sa main.

« Ma chère enfant, disait alors le pasteur d'un air fort sérieux, si vous aimiez
l'une de ces personnes-là, vous cesseriez
de la trouver ridicule.

— C'est possible, répondait Henriette;
mais je ne peux m'empêcher de rire de
la figure que je ferais si j'étais la femme
de la grosse perruque poudrée à blanc
(c'est ainsi qu'elle désignait le marguil-

lier), ou de M. Abel aux blonds cheveux plats, à la figure blême, et qui
me tranformerait en Madone, en Diane,
en diable même, pour peu que je le
fisse enrager. Et mon bon ami le piqueur, il serait gentil en caporal! Ses
cheveux rouges....

— Henriette, disait encore le pasteur,
une femme doit plaindre ceux qui l'aiment, et non s'en moquer. Les tourmens
d'un amour qui n'est point partagé, sont
cruels; ils méritent la pitié plutôt que
la raillerie.

— En vérité, pasteur, disait la comtesse à son tour, on croirait, à vous entendre, que vous connaissez les tourmens
dont vous parlez avec tant de compassion.

— Moi, Madame! à mon âge! répondait le pasteur d'un air embarrassé.

— Le cœur ne vieillit pas toujours, répliquait la comtesse. Je suis fort étonnée que vous ne vous soyez pas marié,
vous qui prêchez sans cesse le mariage...
Mais pardon, pardon, mon cher Sébaldus ; j'oublie que, pour former le cœur
de mon fils, vous avez dû vous condam-
ner au célibat ; que, pour ne point le
quitter, vous avez renoncé aux joies de
la vie.... »

Et elle lui tendait la main avec amitié ;
puis on parlait du jeune comte : la comtesse se plaignait alors, avec une amertume toujours nouvelle, de la fantaisie
bizarre de son mari, qui avait ordonné,
dans un testament en bonne forme, que
Louis, à huit ans, entrerait au collége
à Berlin, sous la direction du pasteur
Sébaldus, son gouverneur ; qu'à seize
ans, il passerait à l'Université de Iéna ;
qu'à vingt ans, sans mentor, sans guide,

il courrait le monde, et ne reviendrait
auprès de sa mère qu'à vingt-cinq ans
accomplis.

Le pasteur défendait tant qu'il pouvait la mémoire du père de son élève,
du reproche de singularité, de bizarre-
rie, que la comtesse lui adressait avec
humeur ; et il se disait souvent que le
vieux comte avait eu raison ; que, sous
la direction de sa mère, Louis ne serait
jamais devenu qu'un grand enfant gâté ;
tandis que maintenant on pouvait le
croire en chemin de devenir un homme.

Mais si la conversation se trouvait
ainsi détournée, à la grande satisfaction
du pasteur, il n'en était pas moins certain, pour la baronne, qu'Henriette lui
inspirait un sentiment fort tendre ; qu'il
aimait sa charmante élève plus qu'il ne
fallait pour son repos, et Augustine,

4...

victime aussi d'un amour sans espoir,
aidait Sébaldus à cacher ce qu'il aurait
voulu pouvoir se taire à lui-même.

———

******

CHAPITRE XVIII.

******

La pitié n'est pas de l'amour.

Un soir d'hiver, Henriette s'en revenait au château, après avoir passé la
journée chez son père ; elle n'y allait
plus maintenant qu'en visite, le manoir
de la noble dame étant devenu sa de-

meure habituelle. Afin de se réchauffer,
elle courait plutôt qu'elle ne marchait,
et elle s'enveloppait soigneusement dans
sa mante de gros drap brun, avec laquelle elle bravait la neige et la pluie,
sans se soucier des railleries des belles
dames du voisinage.

« Riez, riez, disait souvent Henriette ; mais moi, avec ma mante et mon
capuchon par-dessus mon chapeau de
feutre, avec ma robe de drap et mes
bottines dans de gros sabots, je cours,
quelque temps qu'il fasse, tout aussi
gaîment que dans la belle saison, et je
me moque des rhumes, des maux de
nerfs ; et du *qu'en dira-t-on.* »

Au moment où elle mettait la clef
dans la serrure de la petite porte du
parc, Henriette croit entendre prononcer son nom, d'une voix lamentable ;

elle se retourne, et elle voit debout, devant elle, la figure chétive et pâle du
pauvre Durst.

« Comment c'est vous? s'écrie la *Virago* étonnée. C'est, vous, en chair et
en os!.... Qui diable vous savait là!....
Mais qu'avez-vous?.... Vous avez l'air
d'un moribond!.... Que vous est-il arrivé? Que demandez-vous, que cher-
chez-vous? »

Durst saisit la main qu'elle lui tendait
avec l'expression d'une franche cordia-
lité; une larme brilla dans ses yeux hagards, et il dit avec effort : « J'ai perdu
ma pauvre mère !...

— Ah ! mon Dieu! s'écrie Henriette
en se rapprochant de lui. La pauvre
chère femme! elle est morte!....

— Avant-hier, répondit Durst d'une voix altérée; et je suis sans asile.

— Sans asile! Comment cela?

— Les paysans m'ont expulsé....

— Expulsé! c'est-à-dire chassé, banni?... Les gredins! Soyez tranquille, je leur ferai laver la tête : la comtesse connaît votre bailli; il recevra demain matin une lettre écrite de bonne encre, et, morbleu! il faudra qu'on vous garde, ou qu'on dise pourquoi!

— Oh! le pourquoi n'est pas difficile à dire. A Lammersfeld est encore en vigueur une vieille coutume, qui oblige chacun des habitans, ne possédant point de fonds de terre dans la commune, à donner, comme caution, une somme de

cent thalers, afin que, s'il vient à tomber
malade et à perdre ses moyens d'existence, il ne soit pas entièrement, pendant sa maladie, à la charge de la pa-
oisse.... Et je n'ai pas même en ma
ossession le premier *heller*.

— Pauvre garçon! pas même un seul
eller !

— Pas même un seul heller. Je porte
ur moi tout ce que je possède au
onde.... Le reste a été vendu pour
ubvenir aux frais de l'enterrement de
la mère.

— Pauvre garçon! répéta Henriette
vec l'expression d'une tendre compas-
ion.

— Vous me plaignez! s'écria Durst
n se ranimant soudain. Oh! puisque
ous me plaignez, je ne suis plus misé-

rable !... Je suis riche maintenant, bien riche.... car le ciel est à moi!

— Le ciel !... le ciel est à vous?

— Oui, le ciel est à moi ; il est dans tes regards, fille céleste ; il est dans mon cœur, lorsque tu me permets de presser sur mes lèvres cette main chérie ! »

Et Durst couvrait de baisers la main d'Henriette, qui le regardait avec une surprise extrême.

« Parlons raison, dit-elle après un moment de silence. Il est donc vrai, bien vrai, qu'on vous a chassé?

— Non pas *chassé* ; je ne me serais pas laissé *chasser*....

— Alors vous vous êtes en allé volontairement?

— Pas tout-à-fait.

—Vous avez donc été obligé de prendre la fuite?

— Voici comment la chose s'est passée, autant du moins que je le peux dire, car je ne sais vraiment pas pour quelle raison les paysans se sont assemblés autour de moi; ensuite ils ont formé une haie tout du long de la grande rue, et ils m'ont jeté comme une balle de l'un à l'autre; le garde-champêtre, grand gaillard de près de six pieds, était le dernier de la bande; il m'a lancé hors des limites de la commune, en me criant que si je reparaissais jamais, il *m'en cuirait :* ce sont là les expressions de ce brutal ; je les ai entendues confusément, car il m'avait presque disloqué les membres avec ses grosses mains armées de griffes comme celles d'un ours.

— Et vous ne lui avez pas donné un
coup de poing à travers la figure?....
Ventrebleu ! si j'avais été là !.... Mais
vous n'êtes pas robuste, on le voit de
reste !... Ah ! j'aurais voulu être à votre
place !... L'affaire ne se serait point passée sans égratignures !.... Mille.... Non,
j'ai promis de ne plus jurer. Les polis-
sons !... les.... C'est fini ; ce qui est fait
est fait. Ah ! ça, et qu'allez-vous devenir? quels sont vos projets ?.

— Mon intention, » répondit le poète
dont la pâleur était effrayante, et qui
grelottait dans ses habits d'été ; « mon
intention, si je ne meurs pas de faim
et de froid cette nuit, est de me rendre
demain à C.... Il y a là un libraire
maudits soient-ils tous, car ce sont des
vampires qui s'abreuvent du plus pur
sang des auteurs ! Il y a là un libraire
qui m'a déjà fait quelques propositions

our obtenir la faculté d'imprimer **mes**
oésies..... Je ne les lui ai pas mon-
ées encore ; c'est semer des perles
evant.... Mais la nécessité !... Enfin, je
errai. Hélas ! le talent ne suffit pas au-
urd'hui pour acquérir une grande re-
ommée ! Il faut, si l'on veut se faire un
om, entasser sottises sur sottises....

— En ce cas, dit Henriette vivement,
devrais être bien célèbre, car j'ai fait
à bon nombre de sottises !... Mais on
ignore ; sans cela, mon nom....

— Ton nom, fille divine, ta beauté,
s attraits sont connus sur toute la sur-
ce du globe !... Oui, tu es une des cé-
brités, une des illustrations de notre
oque ! Oh ! si mes ouvrages étaient
ıssi connus que ta personne, je m'es-
merais le plus heureux des hommes !

C'est alors que les libraires viendraien
en foule....

— Mais, dit Henriette, en attend
que quelque sottise bien conditionn
puisqu'à votre avis c'est ainsi qu'on
fait une réputation, ait rendu votre n
célèbre, comment vivrez-vous ?

— C'est justement ce que je me d
mande à moi-même, fille angélique
Mais, je le répète, demain je serai rich
si cette nuit je ne meurs pas de fro
et de faim.

— Vous me faites frissonner en
lant de la sorte, dit Henriette. Ne po
vez-vous donc vous procurer un g
pour cette nuit ? N'y a-t-il pas une a
berge à Spielberg, et ne puis-je pas....
Ici Henriette hésita ; elle ne savait tro

omment s'y prendre pour lui offrir de
'argent sans blesser sa délicatesse.

—Sans doute, il y a une auberge à
pielberg; mais lors même que je pro-
oserais à l'hôte de laisser mon habit en
aiement du plus misérable coin, on re-
userait de me recevoir, parce que je n'ai
oint de passeport.

— Comment! un passeport est néces-
aire à quelqu'un du pays?

— Oui, d'après les nouveaux règle-
mens. Il ne me reste donc d'autre parti
à prendre que de passer la nuit dans
les bois, et d'y attendre patiemment le
jour.... ou la mort; et c'est ce que je vais
faire.

—Dieu du ciel! dit Henriette en joignant les mains. Comment, vous n'avez

dans les environs ni parent ni ami qui
puisse vous donner l'hospitalité pour
cette nuit seulement?

— Personne, personne au monde,
répondit Durst d'un air abattu.

Il y eut un moment de silence; Henriette se trouvait dans un étrange embarras. Elle ne pouvait s'adresser ni à
Pouff, ni à la comtesse, pour secourir
le pauvre poète; à peine échappée aux
soupçons de tous les deux, irait-elle
s'exposer à en faire naître de nouveaux
et exposer aussi le malheureux Durst à
souffrir de l'injustice de son père adoptif ou de la noble dame?

« Suivez-moi! dit-elle enfin avec résolution; vous ne mourrez ni de froid
ni de faim cette nuit. L'asile que je peux
vous offrir n'est pas brillant; en tout

utre circonstance je rougirais de vous
lacer en cet endroit..... Mais ne pou-
ant faire mieux......

— Grâces te soient rendues, ange du
iel ! » s'écria Durst en se jetant à ses
ieds avec un transport d'amour et de
oie inexprimable. « Ah ! ce jour, je le
egarderai désormais comme le plus beau
e ma vie ! Je bénis le Ciel de l'excès
e mon infortune, puisque je devrai à
oi seule la conservation de ma misé-
able existence !

— Allons, pas de folie, reprit Hen-
iette ; levez-vous, et suivez-moi. »

Durst obéit ; Henriette ayant ouvert
petite porte donnant dans le parc, il
ntra avec elle, et tous deux gagnèrent
ar un détour la partie ancienne du châ-
eau qui, depuis long-temps, n'était
lus habitée.

Chemin faisant, le poète dit à Hen
riette : « Je vous ai chantée dans m
vers, ange de lumière ; oui, j'ai chant
ta beauté incomparable, tes vertus bril
lant de l'éclat du soleil, tes yeux miroir
étincelant de ta belle âme....

—Vraiment, dit Henriette, vous ave
fait des vers à mon sujet ?... Oh ! je se
rais bien contente de les avoir.... N
pouvez-vous pas me les dire ?

—En ce moment, répliqua Durst q'
grelottait, j'avoue que la souffrance ph
sique l'emporte à tel point sur les pure
conceptions de l'âme....

—Voici ma mante, s'écria Henrie
en la lui jetant sur les épaules ; moi
n'en ai plus besoin ; nous sommes arri
vés. » Et elle s'arrêta à une porte bass
qui donnait entrée dans une tour, dont

les murs orgueilleux renfermaient maintenant un humble pigeonnier.

« Heureusement, ajouta Henriette,
j'ai la clef sur moi, parce que ce matin
je suis allée rendre visite à nos ramiers.
Prenez ma main, et montez avec pré-
caution : l'escalier est rapide et en fort
mauvais état.

— Il me semble, » dit Durst après
avoir manqué plusieurs fois de donner
du nez contre terre, tant il faisait obs-
cur, « que je monte au Ciel, guidé par
un génie tutélaire !

— Cela vient sans doute, répondit
Henriette en riant, de ce que vous êtes
pénétré des sermons de votre pasteur,
qui vous dit sûrement, comme le nôtre,
que les voies qui mènent au ciel sont
étroites et difficiles. Ah ! prenez garde !

vous êtes-vous fait mal?... Non? tant
mieux. ... Encore quelques marches,
et nous serons, non pas dans le Ciel,
mais dans une salle bien close, où vous
pourrez aisément vous réchauffer, quoiqu'il n'y ait pas de feu, et vous coucher
fort mollement, quoiqu'il ne s'y trouve
point de matelas. »

A ces mots, Henriette introduisit Durst
dans la salle dont elle venait de parler,
et l'ayant fait asseoir sur un monceau
de laine, elle le quitta en ajoutant : « Je
vais revenir tout-à-l'heure. Si je tardais,
ne vous en inquiétez pas... Un peu de
patience, et vous n'aurez pas lieu de
vous en repentir. »

Durst entendit la porte se refermer,
puis les pas légers d'Henriette sur l'escalier; et, quelques minutes après, tout
rentra dans le silence.

******

CHAPITRE XIX.

******

Le Poète au Pigeonnier.

« Ce pauvre garçon qui a fait des
vers en mon honneur ! » se disait Henriette tout en prenant dans l'office la
moitié d'un poulet rôti, du pain, un

5..

couteau, une bouteille de vin. « C'est probablement quelque chose de semblable aux cantiques qui sont dans mon livre de prières.... Mais s'il allait oublier ses vers!.... Je veux lui porter ce qu'il faut pour écrire.... Il ne dormira probablement pas toute la nuit; car les poètes ne dorment guère, à ce qu'assure le pasteur...., Voyons si je pourrai aller chercher du papier dans ma chambre, des plumes, une écritoire, sans que la comtesse se doute que je suis rentrée.... Mais à propos, il faut donner de la lumière à Durst.... Il y a deux lanternes sourdes à l'écurie, je peux bien en prendre une; le piqueur sera quitte pour jurer, s'il la cherche ce soir sans pouvoir la trouver. »

Tout réussit au gré d'Henriette, et quelques minutes après elle retournait au pigeonnier, portant au bras son pa-

nier plein de provisions, et de l'autre
main la lanterne sourde.

« Ange du Ciel ! » s'écria Durst en se
levant et en s'avançant à tâtons à sa rencontre, dès qu'elle eut refermé la porte
derrière elle.

« Vous pouvez maintenant, répondit
Henriette avec un sourire, m'appeler
ange de lumière ! » Et elle ouvrit la
lanterne. « Attendez, continua-t-elle,
que je vous cherche la table qui doit
être ici ; nous trouverons peut-être aussi
une chaise. »

Durst suivait Henriette pas à pas, non
sans jeter un coup-d'œil de côté sur le
panier suspendu à son bras.

« Voyez tous ces monceaux de laine !
disait Henriette. J'espère que voilà de

quoi vous faire un bon lit èt des cou-
vertures bien chaudes ! c'est le reste de
la tonte du printemps. Notre bonne
comtesse, si elle voulait vendre ses
tontes sur pied, en tirerait bon parti;
mais elle préfère occuper ses pauvrès
vassaux à débarrasser la laine de son
suint, à la carder, à la filer, à la tisser,
afin que le pays profite de l'argent que
répandent ces divers genres d'indus-
trie... Oh! elle est bonne, bien bonne,
notre bonne comtesse; et pourtant il se
trouve des gens assez méchans pour
chercher à la voler!... Tenez, il y a
quinze jours ou trois semaines, qu'on a
été sur le point de prendre un homme
et une femme qui s'étaient introduits
ici, sans doute avec l'intention de voler
une partie de la laine que contiennent
cette salle et deux autres encore à l'étage
supérieur.... Ah! voici la table que je
cherchais. »

En un instant Henriette l'eut débar-
rassée ; avec son tablier elle essuya la
poussière qui la couvrait, étendit dessus
une serviette, posa la lanterne, et dit,
en vidant son panier : « Je vous ai apporté des plumes, du papier, une écritoire. Vous écrirez, n'est-ce pas, la
chanson que vous avez faite pour moi ?

— La chanson ! ce n'est point une
chanson que j'ai composée ; c'est une
ode, belle Henriette ; une ode où respire
la passion, le délire de l'amour, de l'admiration, de l'adoration....

— Ode ou chanson, cela m'est égal :
mais je vous dirai, si cela peut vous
faire plaisir, que j'ai une envie extrême
d'avoir vos vers.

— Dieu ! Dieu ! » s'écria le poète enchanté ; c'était la première fois qu'il

trouvait une personne si bien disposée
à écouter favorablement les inspirations
de sa Muse.

« J'ai pensé au solide aussi ! » ajouta
Henriette en posant sur la table l'assiette
qui contenait la moitié d'un poulet, une
énorme tranche de pâté et du jambon
fumé ; à ces pièces de résistance, elle
avait joint quelques pâtisseries et un pot
de confiture. Le poète était ravi ; depuis
le jour où les officiers l'avaient fait dîner
si copieusement à S...., il n'avait pas
trouvé l'occasion de faire un seul bon
repas ; mais quelqu'affamé qu'il fût,
quelque tentation qu'il éprouvât de se
mettre à table sur-le-champ, il eut pourtant la générosité de dire à Henriette :
« Daignez, ô vous mon génie tutélaire,
daignez rester auprès de moi ! Votre présence va rendre docile ma Muse rebelle !
En votre présence, j'achèverai cette ode

que j'élais près de terminer, lorsque ces grossiers paysans....

— Oh ! je n'ai pas le temps, répondit Henriette. Je crains que la comtesse ne m'ait fait appeler déjà plusieurs fois, et Dieu sait si je pourrai, sans mentir, excuser mon retard. Ainsi, adieu; bonne nuit. Gardez ma mante ; voici des bougies pour remplacer celle qui est dans la lanterne, et qui ne peut durer bien longtemps.... Bonsoir, bonsoir. »

A ces mots, Henriette disparut, et en s'en allant elle ferma la porte à double tour.

« Je suis ton prisonnier, idole de mon cœur ! » s'écria le poète dont l'imagination, glacée par le froid, n'étant pas encore remontée au plus haut diapason, ne lui fournissait qu'un enthou-

5...

siasme de mauvais alloi. « Oui, je suis
ton prisonnier de corps et d'âme! Tu
tiens aussi mon cœur sous les verroux!...
Dieux immortels! je veux couvrir de
baisers tout ce que ta main a touché! »

Mais aux baisers prodigués à la tranche de pâté, au jambon, au poulet,
succédèrent promptement les coups de
dents; et bientôt le poète, oubliant qu'il
avait eu l'intention de mettre la dernière
main à son ode et de l'écrire avant de
souper, ne songea plus qu'à faire honneur à cet excellent repas, qu'assaison-
nait encore une faim dévorante.

Assis sur une vieille chaise qu'Henriette avait tirée pour lui de dessous un
monceau de laine, les épaules couvertes
du manteau de la *Virago*, la figure éclai-
rée du bas en haut par la lumière pâle
de la lanterne sourde, ouverte devant

lui sur la table, le nourrisson des Muses offrait un aspect tout-à-fait grotesque; il s'en mettait peu en peine, et à son activité à faire succéder un morceau à l'autre, à la manière libérale avec laquelle il remplissait souvent d'excellent vin le verre à patte qu'Henriette lui avait apporté, il était facile de présumer qu'il ne resterait rien, absolument rien du souper, venu si à propos pour ce pauvre diable, exténué par une longue abstinence.

Lorsqu'enfin Durst en fut arrivé au point de pouvoir savourer avec une sage lenteur les friandises qui formaient le dessert, il s'assit le plus commodément possible sur sa chaise, étendit les jambes dans la laine de mouton, qui lui tenait les pieds bien chauds, et tout en trempant un biscuit dans son verre, il se mit à rêver.

« Je l'aime comme un fou.....oui,
comme un fou, se disait-il ; et pourtant
je n'ai pu aller encore qu'à la dixième
strophe de mon ode !.... Il est vrai que
je suis, pour moi-même, le plus difficile
de tous les critiques.... Mon goût est si
sévère.... Stoppelfeld a raison : c'est sottise de tant travailler ses ouvrages....
le public vous sait si peu de gré.... de
vos peines.... Ce vin est bien bon ! il
me réchauffe le cœur !... Quand je pense
que nous autres gens de lettres, qui aurions tant besoin de fortifians, nous en
sommes souvent réduits au pain sec et
à l'eau claire !.... L'eau claire d'un ruis-
seau, les naïades penchant leur urne
sur le frais gazon, le cristal liquide.....
tout cela est charmant.... dans les li-
vres... mais dans la réalité !... Fi ! je suis
ce soir d'un prosaïsme qui me révolte
moi-même !.... Je me trouve pourtant à
merveille ici !..... Cette salle est bien

close, j'ai fait un excellent souper.... et
cependant je ne me sens point en verve !... c'est singulier ! Ah! bientôt, bientôt les Muses vont accourir pour chanter
avec moi mon ange tutélaire !.... Dieu!
quelle sera sa joie, si demain matin.....
Voyons ; la plume à la main, les vers
viendront peut-être.... »

Mais ni vers ni prose ne venaient, et
Durst sentit bientôt le sommeil s'emparer de lui ; il céda sans trop de com-
bats, et quelques minutes s'étaient à peine
écoulées, qu'il ronflait de manière à mettre en fuite les Muses et les Amours. Jamais sur un mol édredon, jamais sur un
lit entouré de rideaux de soie, on ne
goûta un repos aussi profond, et l'on ne fit
des rêves aussi doux que ceux qui vinrent
faire oublier au pauvre poète, enfoncé
jusqu'aux oreilles dans des monceaux de
laine, les tribulations journalières qui

tourmentaient sa vie et menaçaient de
la tourmenter jusqu'à la fin de ses jours.

Pendant qu'il se livrait ainsi avec
abandon aux joies si douces *du donneur*
de bien, Henriette, dans le salon de la
comtesse, étonnait par sa gaîté les personnes qui s'y trouvaient réunies. Heureusement pour elle, quelques voisins
étant venus demander à souper, la noble
dame n'avait pas eu le loisir de s'apercevoir que sa filleule rentrait ce soir-là
plus tard que de coutume. L'arrivée
d'Henriette avait ranimé la conversation
un peu languissante, et l'on riait de ses
saillies, de ses folies, que la joie inté-
rieure dont le sentiment d'avoir fait une
bonne action remplit le cœur, rendait
plus piquantes et plus originales encore
que de coutume.

« Mais qu'as-tu donc? que t'est-il

donc arrivé aujourd'hui ? disait quelquefois la baronne tout bas à Henriette. Tes
yeux lancent des éclairs ; l'esprit pé-
tille dans tes regards ; ton sourire a une
expression de malice et de finesse mêlée
de douceur.... Que t'est-il donc arrivé ?

— Je vous le dirai demain, » répondit Henriette. Déjà elle avait formé le
projet d'engager Durst à faire une chanson pour la comtesse, ou bien une épître
en vers. Sa marraine ne pourrait man-
quer d'en être touchée, et Henriette em-
pêcherait les soupçons de naître, en faisant serment qu'elle n'aimait pas du
tout le poète, d'amour s'entend ; alors
elle parlerait de son dénûment, de sa
misère ; elle dirait comment déjà il serait
bien riche, si les libraires avaient voulu
imprimer ses ouvrages ; elle prierait sa
marraine de lui donner quelqu'argent
et une lettre de recommandation....

Enfin Henriette, tout éveillée, faisait
d'aussi beaux rêves pour son protégé,
que ce protégé, dormant comme une
marmotte, en faisait de son côté dans le
pigeonnier.

L'ode, la chanson, composée pour
elle, y jouait un rôle très remarquable, et Henriette brûlait d'être au lendemain pour la recevoir de la main de
Durst; pour la lire, la relire et la mon-
trer; car un plaisir, une joie qu'on ne
peut dire ni partager avec les gens que
nous aimons et qui nous aiment, se
change bientôt en un poids insupportable, pour les âmes ouvertes et franches
surtout; et celle d'Henriette était du
nombre de ces âmes-là.

Henriette dormit mal la nuit suivante;
la réflexion avait peu tardé à lui faire
trouver extrêmement difficile ce qui lui

avait paru d'abord sans aucune difficulté.

« La comtesse ne voudra pas me
croire, se disait-elle, ni la baronne non
plus!... C'est pourtant singulier, que
toutes deux s'imaginent que je suis amoureuse, ou que je vais devenir amoureuse
de chacun de ceux dont nous faisons la
connaissance!... La peur qu'elles en ont,
me donne presque envie de savoir *per
experimentum,* comme dit le pasteur,
ce que c'est que l'amour. La comtesse
prétend que c'est une chose qui n'a pas
le sens commun; la baronne dit que l'a-
mour fait *vivre et mourir....* Comme si
ce qui fait vivre pouvait faire mourir!...
Eh! puis, dit la baronne, on n'aime
qu'une fois dans la vie.... Alors, gare la
première!.... Je voudrais, oui je voudrais
bien savoir ce que c'est que d'aimer
d'amour! »

Et Henriette faisait dans son lit d
soubresauts d'impatience; elle ne pô
vait dormir; son imagination avait u
activité inaccoutumée; malgré elle, s'o
fraient à sa pensée tous les homm
qu'elle connaissait; malgré elle, ell
se souvenait des témoignages d'amo
qu'elle en avait reçus; alors elle soupi
rait, ou bien elle s'examinait sérieuse
ment pour s'assurer si aucun d'eux n'av
jamais fait palpiter son cœur, et à reg
elle reconnaissait que non; non, mi
fois non, pas même le pauvre Durst
objet de sa commisération constante. Pui
elle se figurait un vrai héros de roman
beau comme les anges, brave comm
César, ou comme Frédéric-le-Grand;
amoureux comme un fou; ayant la fierté
du lion unie à la bonté, à la douceur d
la colombe sans fiel, et à la fidélité du
chien.... De gros soupirs sortaient alors
de la poitrine d'Henriette; elle avait en-

e de pleurer ; elle se sentait malheu-
use, abandonnée, isolée sur la terre ;
entôt, lasse de soupirer, elle jurait ron-
ment à la manière de Pouff, en se di-
t : « Mais que diable ai-je donc !....
ille tonnerres ! je veux dormir, je veux
olument dormir ! »

Henriette ignorait encore que le som-
il ne vient pas chaque fois qu'on l'ap-
llé, et ce fut seulement vers la fin de
nuit qu'elle s'endormit ; mais en songe
reproduisirent les mêmes pensées qui
vaient si vivement agitée pendant son
somnie.

******

CHAPITRE XX.

******

La Chasse aux Fouines.

Il était tard lorsque, le lendemain, enriette fut réveillée en sursaut par s cris de chasse, par les aboiemens des chiens, et par le murmure confus

d'un grand nombre de voix; elle se
sur son séant, écoute un moment,
soudain s'élançant à bas du lit, elle
couvre à la hâte des premiers vêtem
qui lui tombent sous la main, et e
court précipitamment à l'une des fen
tres de la longue galerie, qui donnaie
du côté de la cour où se trouvait le p
geonnier.

A la vue des piqueurs, des domes
ques et des chiens assemblés devant
tour, et ayant à leur tête Jean Po
lui-même; à leurs cris de triomphe
Henriette sent son cœur se serrer...
Elle veut ouvrir la fenêtre, ou descen
pour s'informer de la cause de ce
multe; mais ses pieds semblent avo
pris racine en ce lieu; elle demeu
immobile, et ces mots : « Tue ! tue !
A mort ! à mort ! » mettent le comble
son effroi.

« Silence ! » crie Jean Pouff d'une voix qui retentit au-dessus de toutes les autres. « Je dois aller d'abord demander permission à Son Excellence.

— Un voleur !.... un voleur ! » disent tout-à-coup les piqueurs en désignant de la main l'une des fenêtres du pigeonnier, à laquelle se montrait en ce moment le poète malencontreux ; il était plus pâle que jamais, et avec un accent lamentable il criait : « Par grâce, ne me tuez pas !....

— Ah ! scélérat ! s'écrie le forestier. Nous suivions la piste d'une fouine, et c'est toi qui viens dénicher les pigeons !

— Et la laine aussi !....

— Au voleur ! au voleur !.... C'est un voleur de laine ! » Ce cri est répété par

toutes les bouches à-la-fois, et les fus'
couchent en joue le malheureux Durst
tandis que les valets, armés de fourches
les brandissent d'un air menaçant.

Durst à l'instant fait le plongeon derrière la fenêtre, et toute la troupe s'é-
lance pour forcer la porte et pénétrer
dans la tour; mais la voix de tonnerre
du vieux Pouff prononce ce seul mot:
« Halte! » et l'on demeure immobile.

« Qu'on m'attende ici, et qu'on fasse
bonne garde, ajoute-t-il; je vais parler
à Son Excellence. »

Henriette recouvre à l'instant la faculté de se mouvoir; elle vole, rapide
comme la flèche, à l'appartement de la
comtesse, qui venait de se lever, et tom-
bant à ses pieds dans un désordre inexprimable, les yeux baignés de pleurs,

elle dit d'une voix suppliante : « Grâce !
grâce! il n'est pas coupable... Moi seule,
moi seule je le suis !

— Que signifie tout cela? » demande
la comtesse étonnée.

La porte s'ouvre, et l'on annonce que
le forestier Jean Pouff supplie Son Excellence de lui accorder une audience
pour affaire très pressante.

« Oh! daignez m'entendre d'abord ! »
dit Henriette toujours à genoux; et elle
saisit les deux mains de sa marraine
comme pour la retenir.

« Eh! bien parle, parle vite, » reprend
la grande dame avec bonté.

Henriette raconte l'histoire de Durst;
mais son récit précipité est loin d'être

clair ; la comtesse comprend seulement
que sa *Virago* a donné l'hospitalité à un
jeune nourrisson des Muses ; qu'elle l'a
placé dans le pigeonnier; que le *pove-
retto* s'est laissé voir, qu'on le prend
pour un voleur de pigeons et de laine,
et qu'en ce moment sa vie est en danger,
parce que, valets et piqueurs l'ayant
aperçu, sont déterminés à livrer l'assaut
et à s'emparer de lui, mort ou vif.

« Voilà encore un de tes tours ! » dit
la bonne comtesse, moitié souriant, et
moitié fâchée. « Ne pouvais-tu pas, dès
hier, t'adresser tout simplement à moi?...
Allons, calme-toi, j'arrangerai cela.
Reste ici ; je vais parler à ton père. »

Lorsque la comtesse entra dans le
salon où l'attendait le forestier, celui-ci
s'inclina plus profondément et d'un air
plus solennel que de coutume, et dit

« Votre Excellence, nous faisions depuis ce matin la chasse aux fouines, qui dévastent nos poulaillers et nos pigeonniers. Voilà que les chiens perdent la piste, puis la retrouvent, et nous conduisent jusqu'à la tour. Ces coquines de bêtes ont, je présume, leur nid dans quelque trou de cette vieille muraille. J'allais envoyer demander les clefs à l'intendant, quand une figure, une vraie figure patibulaire, s'est montrée à l'une des fenêtres du premier étage ; c'est là que se trouve le produit de la dernière tonte ; comme on a déjà essayé de voler, j'ai deviné que nous trouvions le voleur au gîte. Le bon plaisir de Votre Excellence est-il qu'on le pende sur-le-champ, ou bien qu'on le mène en prison ?

— Ni l'un ni l'autre, répondit la comtesse.

6..

— Ni l'un ni l'autre ? répéta le forestier en ouvrant de grands yeux.

— Retournez chez vous, reprit la
comtesse. Je me charge d'arranger seule
cette affaire. »

Pour le coup Jean Pouff ouvrit les
yeux encore plus grands; il ne dit mot
pourtant, car il était accoutumé, depuis
bien des années, à se soumettre aux dé-
crets de la noble dame avec autant de
respect qu'à ceux du ciel même ; mais
cette décision ne lui en paraissait pas
moins étrange.

« Allez, dit la comtesse ; emmenez
tout votre monde. Si j'ai besoin de vos
services, je vous ferai appeler. »

Pouff s'inclina respectueusement et
sortit sans répliquer : quelques instans

après il n'y avait plus, auprès de la tour, ni piqueurs, ni valets, ni meute. « C'est singulier !..... se disait-on en se retirant.

— Son Excellence l'a ainsi ordonné, » répliquait le forestier ; puis, s'adressant aux chiens qu'on avait eu de la peine à calmer, et qui s'étaient obstinés long-temps à gratter la porte en aboyant ou en hurlant, il leur répétait aussi : « Son Excellence l'a ainsi ordonné ; il faut obéir, entendez-vous ?..... Son Excellence sait mieux que vous, et mieux qu'aucun de nous, ce qu'il convient de faire ou de ne pas faire. »

Henriette cependant subissait un sévère interrogatoire, auquel la baronne était présente. Les deux dames persuadées, en dépit de ses dénégations, qu'il y avait, entr'elle et le poète, ce qu'on

nomme dans le beau monde une affaire
de cœur, la tourmentaient par leurs
questions, chacune à sa manière.

« Non, je ne l'aime pas, j'en jure par
le Ciel ! » dit enfin Henriette en élevant
la main droite et en posant la main
gauche sur son cœur.

« Je te crois, dit la baronne avec
bonté.

— Puisque tu attestes le Ciel, reprit
la comtesse, je dois et je veux te croire
aussi.

— Oh ! faites-le venir, s'écria vivement Henriette, et quand vous l'aurez
vu, je n'aurai plus besoin d'en jurer.

— Il est donc bien laid ? » demanda
la noble dame.

Henriette se mit à rire et répondit :
« Ma foi, je n'en sais rien. Tout ce
que j'ai remarqué, c'est que sous son
vieil habit noir, ses épaules pointues
font l'effet d'un porte-manteau ; ses
yeux sont hagards ; pour leur couleur,
je ne m'en souviens pas : il est pâle
et maigre à faire peur ; ses mains sont
sèches comme celles d'un squelette ; sa
bouche va de l'une à l'autre oreille...

— Voilà un joli portrait ! s'écria la
baronne en riant. Et, dis-moi, où as-tu
fait la trouvaille de ton héros ?

— C'est une longue histoire, repartit
Henriette.

— Il faut me la raconter sur-le-
champ, » reprit la comtesse.

Henriette rougit, parut hésiter ; mais

le désir d'être vraiment utile à son protégé, l'emportant sur tout autre considé-
ration, elle prit le parti de ne rien taire
de ce qui s'était passé entr'eux jusqu'à
ce jour.

Elle dit d'abord la rencontre qu'elle
avait faite de lui et de Stoppelfeld dans
les bois de Spielberg; la manière diffé-
rente dont Pouff les avait traités l'un et
l'autre, et l'intérêt que lui avait inspiré
la situation de la mère du pauvre Durst;
enfin le désir, le besoin qu'elle avait
éprouvé de venir au secours de la mère
et du fils, et elle avoua que c'était pour
cela qu'elle avait voulu aller à la foire de
Wemel, espérant d'y rencontrer Durst,
que jusqu'alors elle avait inutilement
cherché partout.

En cet endroit de son récit, Henriette
se tut un moment, comme embarrassée

de ce qu'il lui restait à dire; mais cet embarras passa promptement, et, d'un ton ferme, elle raconta de quelle manière le hasard l'avait conduite chez Stoppelfeld, qu'elle ne cherchait pas; l'empressement de Durst à voler à son secours; le service éminent qu'il lui avait rendu, et la reconnaissance qu'elle en avait conservée. Le reste alla ensuite de lui-même, et Henriette arriva enfin au moment où, la veille, elle avait trouvé à la porte du parc le pauvre diable mourant de faim et de froid, sans ressource, sans asile, et n'ayant personne au monde, qu'elle seule, qui s'intéressât à son malheureux sort.

« J'ai eu pitié de lui, dit-elle en terminant; mais retenue par la crainte d'être encore bannie du château....

— D'où naissait cette crainte? demanda la noble dame d'un air grave.

« — C'est qu'il est amoureux de moi, »
répondit Henriette avec une expression
de timidité si naïve que la comtesse ne
put s'empêcher de rire.

« Ah ! il est amoureux de toi?... et il
te l'a dit?

— Non, mais je l'ai deviné. Eh!
puis il a fait pour moi une chanson, des
vers, je ne sais quoi.

— Vraiment? Montre-nous cela !

— Il ne me les a pas encore donnés.

— Ah ! il a fait des vers pour toi! Je
ne m'étonne plus que tu t'intéresses à lui
si vivement.... Je te gronderai une autre
fois, de l'imprudence que tu as commise

en entrant étourdiment dans une maison inconnue.... Tu en as été bien punie, et sans le secours que ton poète t'a amené si à propos....

— Je tuais le romancier ! s'écria Henriette dont l'œil en ce moment étincelait.

— Tu aurais fait là une belle affaire, reprit la comtesse. Écoute, Henriette, je le répète ; pour aujourd'hui, je ne veux pas te gronder ; la baronne d'ailleurs se chargera de cette tâche ; mais il faut que tu me fasses voir le *héros* en l'honneur duquel tu as *bravé ma colère.* » Ces mots furent dits en souriant. «Voilà mon déjeuner fini ; dans un moment je descendrai : va le chercher. »

Henriette saisit la main de sa marraine et la baisa vivement avec l'expression de la reconnaissance et du plais'

« Oh ! maintenant, dit-elle, je sui
bien tranquille sur son sort, puisqu
Votre Grâce veut lui accorder un nobl
appui.

— Je n'ai pas dit un mot de cela,
reprit la comtesse. Avant de lui accorde
un noble appui, je veux savoir s'il en est
digne.

— S'il en est digne? répéta Henriett
toute chagrine. Je n'en sais rien moi
même ; mais ce que je sais bien, c'
que Dieu laisse jouir de son soleil, ceu
qui en sont indignes comme ceux
en sont dignes ; ce que je sais encore
c'est que jamais, jusqu'à présent, je n'
vu Votre Grâce s'informer, avant de se
courir les gens, s'ils méritaient ou no
ses bontés.

— Tu es une petite flatteuse.

— La preuve que je ne flatte pas, s'écria la jeune fille, c'est que j'oserai dire qu'il est, dans les gens comblés des bienfaits de Votre Grâce, des êtres bien *indignes;* et pourtant ces bienfaits leur sont journellement accordés, par la seule raison que, sans cela, ils seraient exposés à périr de misère.

— Allons, vas-tu aussi me reprocher, comme le pasteur, de mal placer mes bontés, d'entretenir la paresse, d'accorder à des hypocrites, à des méchans une protection et des secours qui devraient n'appartenir qu'à d'honnêtes gens? Moi, j'ai besoin de faire le bien, d'adoucir les souffrances de tout ce qui m'entoure, et je m'inquiète peu du reste.

— Oh! vous êtes la bonté même! »

dit Henriette avec l'accent de l'enthou-
siasme, et elle sortit en courant pour
aller chercher le pauvre poète.

———

******

CHAPITRE XXI.

******

La Protectrice.

« Durst ! monsieur Durst ! où donc êtes-vous ? » demanda Henriette qui venait d'ouvrir là porte de l'*appartement* du nourrisson des Muses, et regardait inutilement de tous les côtés sans pouvoir le découvrir.

« Me voici, fille angélique ! » dit une voix sourde , et la tête de Durst se montra au-dessus du monceau de laine dans lequel il s'était caché pour se soustraire aux balles et aux recherches de ses ennemis. « Vous êtes seule, n'est-ce pas ?

— Tout-à-fait seule, et je vous apporte de bonnes nouvelles. Madame la comtesse veut vous voir.

—Oh! bonheur ! oh ! honneur! » s'écria le poète qui se montra soudain tout entier aux yeux d'Henriette. Dans un autre moment, elle aurait ri de cette grotesque figure , affublée d'un manteau de femme, et ayant les cheveux et les vêtemens comme poudrés de flocons de

laine ; mais il s'agissait de présenter son
protégé à la noble dame, et la pauvre
Henriette ne voyait pas trop comment s'y
prendre pour le rendre présentable.

« J'ai couru de grands dangers, dit le
poète d'un ton emphatique. Mes persé-
cuteurs sont venus me poursuivre jusqu'ici.....

— Ce n'était pas vous qu'on poursui-
vait, répliqua Henriette.

— Cependant ces gens armés, ces
paysans, ces cerbères à la gueule béante...

— Ces gens armés, c'étaient des chasseurs; ces paysans, c'étaient des piqueurs;
ces cerbères à la gueule béante, c'était
la meute de mon père lancée sur la piste
des fouines qui dévastent tout depuis
l'automne. Je suis fâchée de vous avoir

trouvé blotti comme un lièvre dans ce tas de laine.

— Et pourquoi cela vous fâche-t-il, ange du ciel? Que pouvais-je faire sans arme pour me défendre?

— J'ai peut-être tort; mais il me semble qu'à votre place je n'aurais pas eu peur.

— C'est facile à dire! Vous n'avez donc pas entendu les cris de la meute, les vociférations des chasseurs, des piqueurs....

— Si fait, vraiment, et j'ai tremblé pour vous.

— Là, vous voyez bien que vous avez eu peur....

— Oh! c'est bien différent; les plus

ourageux tremblent quelquefois, non
our eux, mais pour un autre. Si j'avais
é à votre place, j'aurais su trouver des
mes, cette table, cette chaise, ce
outeau, et j'aurais voulu vendre chère-
ent ma vie... Enfin chacun agit comme
l'entend ou comme il peut.... Cette
audite laine!.... je ne parviendrai ja-
ais à l'enlever toute ! »

Cet entretien avait lieu tandis qu'Hen-
tte travaillait à faire disparaître le
vet dont l'habit et les cheveux de
urst étaient couverts ; il l'aidait de
n mieux, en exprimant le bonheur
'il éprouvait de se voir l'objet de
ins aussi tendres ; mais Henriette ne
sentait pas du tout disposée à le trai-
r favorablement : courageuse et ferme
ns le danger qui ne menaçait qu'elle,
e en voulait au poète de la conduite

qu'il avait tenue le matin ; au mom
de le présenter à sa protectrice, elle
chagrinait de lui trouver une tournu
une figure si grotesques; il lui sembl
qu'elle le voyait pour la première f
et que rien ne répondait, dans ce p
tron, à l'idée première qu'elle s'en
faite. Mais soudain se rappelant qu
l'avait délivrée d'un grand péril,
bonté, la reconnaissance reprirent
dessus, et Henriette résolut de ne
négliger auprès de la comtesse pour
surer des moyens d'existence à ce pau
diable, qui n'était pas cause si la nal
l'avait ainsi bâti.

« Vous voilà propre à-peu-près,
elle en l'époussetant encore avec sa
main. Sa Grâce est indulgente d'ailleu
mais les valets sont insolens; suivez
cependant sans crainte ; dans cette m

on on est accoutumé à respecter les
ersonnes que je prends sous ma pro-
ection. »

Durst, enchanté à l'idée qu'il allait
re présenté à une comtesse, descendit
vec Henriette, traversa à sa suite les
ours, les corridors, en se rengorgeant
our se donner un air de dignité, et
ntra enfin dans la salle où se trou-
aient la comtesse et la baronne; il ca-
hait son embarras sous un maintien
rave, accompagné d'un sourire de sa-
isfaction.

Henriette, accoutumée à lire sur la
gure de la comtesse, vit promptement
ue le premier coup-d'œil n'était pas
avorable à son protégé; elle s'approcha
de la noble dame, et lui dit à mi-voix :
« Il s'est dépouillé de tout pour faire
donner la sépulture à sa pauvre mère !

—Vraiment? » reprit la comtesse;
à l'expression du dédain succéda ce
de la bonté; car elle était mère; ca
elle aussi, elle avait un fils qui se ser
certainement sacrifié entièrement po
elle; et, mieux que personne, elle éta
capable de sentir le prix de l'amour
lial, d'applaudir aux sacrifices que c'
amour pouvait inspirer.

« Approchez, jeune homme, dit
comtesse d'un air plein de douceur; es
il vrai que vous vous soyez *dépou*
de tout, pour faire rendre les dernie
honneurs à votre mère?

— Je n'ai fait que mon devoir, ré
pondit Durst en baissant les yeux. M
mère avait sacrifié pour moi la mince
fortune qu'elle tenait de son époux; j'ai
donné pour elle le peu que je possédais.
Notre bailli le sait mieux que personne

— Pauvre jeune homme! dit Augus-
ine à mi-voix.

— C'est son amour pour sa mère,
'écria Henriette vivement, qui m'a in-
éressée à lui tout d'abord.... Ce qu'en-
uite il a fait pour moi, a excité ma re-
onnaissance. Il était allé à la ville dans
intention de gagner quelque chose, en
isant imprimer ses poésies, et ce quel-
ue chose il le destinait à sa mère, à sa
ère qu'il aimait par-dessus tout. Mais
étais dans un danger pressant; il n'a-
ait pas d'argent, et il en avait promis
ependant aux sergens de ville, afin de
s décider à venir à mon secours; quand
l'ai retrouvé, il sortait de chez un
raire, chagrin, désespéré, parce qu'il
'avait pu obtenir de quoi acquitter des
ngagemens pris à cause de moi.... Oh!
vivrais cent ans, que jamais je n'ou-
lierais qu'il a été tout près de donner,

pour me sauver, ce qu'il possédait d
plus précieux, ses manuscrits. »

Durst regardait Henriette avec des
yeux où brillait la joie; Augustine souriait; la comtesse, au contraire, était
redevenue grave.

« Vous avez reçu de l'éducation, à ce
qu'il paraît, dit-elle après un moment
de silence; quels sont les talens que
vous avez le plus soigneusement culti-
vés?

— Aucun, Votre Grâce; si ce n'est
celui de faire des vers.

— Il vaudrait mieux, pour vous, savoir calculer. Avez-vous une belle écriture?

— Mon écriture est passable, à ce

qu'on dit ; quant à la science du cal-
cul, elle ne m'a jamais inspiré aucun
attrait.

—, C'est malheureux ; celui qui ne sait
pas compter avec lui-même, s'expose à
trouver bien des mécomptes ; et ceci
peut s'entendre à la lettre comme au
figuré ; ceci peut se rapporter à soi
comme aux autres.

—Si j'ai déjà éprouvé des *mécomptes*,
je n'en ai du moins fait éprouver à
personne.

— C'est quelque chose ; c'est même
beaucoup. Vous êtes-vous jamais demandé ce qui pourrait vous rendre heureux ?

— Ah ! Madame, Votre Grâce sait
que souvent le bonheur n'est qu'un vain
mot ! Le bonheur fuit, dit-on, ceux

qui le cherchent, et cherche ceux qui le fuient : voilà pourquoi j'ai pris le parti de l'attendre. »

La comtesse sourit, et répondit : « Le bonheur n'est pas toujours un vain mot; j'entends, par le bonheur, une douce médiocrité, une existence utilement occupée : voilà ce que je voudrais vous procurer, et cela demande quelque réflexion. Il me serait facile, assurément, de vous rendre *heureux* dès à présent, c'est-à-dire, de vous offrir une somme assez forte pour vous mettre momentanément au-dessus du besoin; mais ensuite vous retomberiez dans la situation d'où un secours passager vous aurait tiré..... Je veux y songer, et à loisir..... Henriette, sonne, je te prie. »

Henriette obéit; le chasseur de la comtesse parut aussitôt.

« Pierre, » dit la noble dame avec
ce ton de dignité qui lui allait si bien,
« conduisez Monsieur aux *Trois-Cou-*
ronnes, et ordonnez de ma part qu'on
lui donne la chambre jaune. On aura
soin que Monsieur soit satisfait de tous
les gens de la maison, qu'il ne manque
de rien, et qu'il soit servi comme doit
l'être un hôte de votre maîtresse. »

Puis, se tournant vers le poète, stupé-
fait et ravi de la manière dont on le
traitait, elle ajouta : « Je ne vous dis
pas adieu ; nous nous reverrons. »

Un signe de tête, un geste gracieux
de la main, l'ayant averti qu'on le con-
gédiait, il se retira en faisant coup sur
coup plusieurs saluts.

« Eh ! bien, Henriette, dit la noble
dame quand il fut parti, es-tu contente
de moi ?

— Oh ! vous êtes l'image de Dieu sur la terre, comme le dit si souvent mon père ! répliqua Henriette la figure rayonnante de plaisir.

— Et toi, Augustine, tu ne dis rien à tout cela ?

— Je ne puis qu'admirer comme Henriette, et que me féliciter, avec le pauvre poète, de la bonne fortune qu'il doit et devra à vos bontés ; car je vous connais trop, ma tante, pour n'être pas certaine que maintenant, qu'il le veuille ou non, vos bienfaits le suivront, que votre protection le soutiendra bon gré malgré, et que vous le guérirez de son amour pour Henriette aussi facilement, plus facilement peut-être, que de la manie de faire des vers.

— Mais, dit Henriette en hésitant et

en rougissant un peu, ne vous ai-je pas
entendu dire, petite marraine, que l'a-
mour ne se guérit pas.... ou rarement
du moins?

— L'aimes-tu? » demanda la baronne
qui regardait fixément Henriette en faisant cette question.

« Oh! pour ça non!

— Alors tu dois être bien aise d'apprendre que le mal d'amour le tient
seulement dans la tête, que le cœur
n'est pas pris, et que, par conséquent,
la guérison sera l'affaire de quelques
jours.

— Ma nièce est experte en fait de mal
d'amour, dit la comtesse avec un peu
d'amertume; elle a voulu souvent me
faire part de sa science; mais je n'ai

pas *la foi;* et, sans *la foi,* ces sortes de
matières semblent des misères, dont un
esprit juste ne saurait sérieusement s'occuper..... Mais parlons d'autre chose.
Henriette, envoie chercher le pasteur,
j'ai besoin de causer avec lui; mon intention est de servir utilement ce jeune
homme.

— Que vous êtes bonne!.... Si Votre
Grâce voulait le permettre, j'irais moi-
même au village.... et, par la même occasion, je verrais mon père, et je lui
expliquerais que le voleur de laine n'é-
tait point un voleur. »

Cette permission ayant été accordée
sans difficulté, Henriette partit bien
joyeuse. Elle était trop contente ce jour-
là, pour pouvoir rester paisiblement
assise à travailler auprès de la baronne,
et puis elle avait envie de savoir de

Durst lui-même ce qu'il pensait de l'accueil qui lui avait été fait par la noble dame.

———

******

CHAPITRE XXII.

******

Le Protégé.

Aucun mot ne saurait peindre l'enchantement où se trouvait le pauvre poète en sortant du château. Il s'était attendu à des manières hautaines, à des questions froides et sèches, à une pitié

7...

mortifiante, et enfin à des secours donnés de mauvaise grâce ou à regret : au.
lieu de tout cela, il n'avait vu que bonté,
bienveillance, aménité.... Eh! puis, avec
quelle délicatesse on lui avait laissé apercevoir un avenir plus heureux!... La
comtesse voulait *réfléchir* à ce qu'elle
pourrait faire de mieux en sa faveur....
Ah! si les grands de la terre savaient
combien de joie, d'espérance et de
bonheur peuvent répandre, dans l'âme
accablée par l'infortune, quelques douces
paroles, ils n'en seraient pas si avares!

Durst marchait d'un air de dignité
tout-à-fait plaisant, et traversait, la tête
haute, les rues du village ; une comtesse
l'avait accueilli, il était respectueusement suivi par le chasseur de Sa Grâce;
il se sentait tout autre.

« Allez m'annoncer, » dit-il au chas-

seur lorsqu'ils ne furent plus qu'à une
petite distance de l'auberge des Trois-
Couronnes ; et le chasseur obéit, à la
grande satisfaction du poète, qui se re-
dressa encore davantage. Il ne lui était
pas possible de se donner une ligne de
plus, à moins de marcher sur la pointe
du pied, quand il entra dans la salle
basse. L'aubergiste, le bonnet à la main,
s'avança au-devant de lui avec empressement, fit appeler sa femme et ses gens,
et leur dit d'un ton de maître, que
M. Durst était recommandé par Son
Excellence, qui voulait qu'on eût pour
l'hôte qu'elle envoyait, autant de soins
et d'égards que pour elle-même.

Durst fut ensuite conduit en grande
cérémonie à la *chambre jaune;* c'était
la plus belle de la maison, et on l'y
laissa seul, livré à ses réflexions, après

qu'il eut donné des ordres pour son déjeuner.

Durst, étalé sur son fauteuil, d'un air
imposant, se préparait à rêver délicieu-
sement à sa bonne fortune; mais il fut
promptement ramené des régions éthérées où il s'élançait, vers la terre, par
l'apparition de plusieurs marchands juifs
qui, ouvrant doucement la porte, de-
mandaient d'un ton patelin, tout en s'a-
vançant hardiment, si Monsieur n'aurait pas besoin de quelques petites choses.
Et, sans attendre la réponse, les balles
furent ouvertes, et les chaises se cou-
vrirent d'habits d'occasion encore fort
propres, d'assez beau linge, de gilets,
de pantalons de toutes les couleurs.

Le pauvre diable regardait tout cela
d'un œil d'envie, puis il jetait un re-

gard de pitié sur ses misérables vêtemens; et le désir de se voir enfin ha-
billé plus convenablement, devint si vif,
qu'il ne put s'empêcher de demander
le prix des objets qui lui plaisaient davantage.

« Ce n'est vraiment pas cher! s'écriait-
il à chaque instant.

— Oh! c'est pour rien, mon bon
Monsieur, répondaient les juifs. Voyez
ce drap, c'est souple comme de la soie...
L'habit n'a pas encore été retourné...
j'en réponds.... D'ailleurs on peut le
voir aisément.... Je parie qu'il irait par-
faitement à Monsieur; si Monsieur voulait l'essayer ?... »

La tentation était forte; Durst, n'y
pouvant résister, se laissa dépouiller de
son vieux frac noir, de ses culottes

courtes, raccommodées inutilement aux
deux genoux, de ses bas de soie qui ne
tenaient plus, et enfin des chaussons de
peau de buffle qui lui rendaient, ou à-
peu-près, les mêmes services qu'une
bonne paire de souliers, objet de son
ambition depuis long-temps, mais qu'il
n'avait pu se procurer.

En un clin-d'œil il fut rhabillé de
neuf ou de presque neuf de la tête aux
pieds, et tout-à-fait à la mode. Se mi-
rant avec complaisance, Durst se disait:
« Vraiment, je suis un tout autre homme
vêtu comme ça.... Le diable, c'est que
je n'ai ni argent ni crédit... Du crédit, j'en pourrais avoir en parlant de
la comtesse.... mais ne sachant pas bien
précisément ce qu'elle veut faire pour
moi.... »

« Ah! Monsieur Durst, comme vous

voilà beau ! » dit une voix de femme ; c'était celle d'Henriette, qui, ayant trouvé la porte entrouverte, entrait sans cérémonie.

Une vive rougeur couvrit les joues pâles du pauvre poète, et il baissa les yeux avec confusion.

« Eh ! bien, ferez-vous affaire avec ces Messieurs ? reprit Henriette.

— Je ne peux faire d'affaire, de ce genre surtout, avec personne ; vous le savez bien, puisque....

— Monsieur, dit l'un des juifs, a là des boucles de souliers et de culotte dont la valeur....

— Elles n'ont aucune valeur, répliqua Durst vivement. Ne vous y trompez pas ; ce n'est point de l'or....

— Non, mais c'est du vermeil.

— Du vermeil! elles sont en cuivre.

— Elles sont en vermeil, mon bon Monsieur, et nous allons vous le prouver. »

Le juif tira de sa poche une pierre de touche; Henriette s'approcha avec curiosité pour voir l'épreuve qu'on allait faire; et quand le juif s'écria : « J'en étais sûr; c'est de bel et bon vermeil!» elle demeura toute surprise en remarquant comme l'or, ayant été enlevé par la pierre de touche, laissait à découvert l'argent que jusqu'alors il avait recouvert.

« Que n'ai-je su cela plus tôt! s'écria Durst. Ma pauvre mère! tu n'aurais point passé tes derniers jours sur une misérable botte de paille !

— Vous êtes un bon garçon, dit
Henriette, et c'est pour cela que je vous
aime. »

A ces douces paroles, le poète fit un
mouvement comme pour se jeter aux
pieds de la jeune fille.... Mais il se
contint, et se contenta de lui adresser
un regard qu'il croyait bien éloquent ;
éloquence perdue ; Henriette ne le vit
pas ce regard, ses yeux étant fixés en
ce moment sur les juifs qui pesaient les
boucles dans de petites balances.

Elle voulut se charger de terminer
le marché, assurant qu'elle s'entendait
mieux aux achats de ce genre que le
poète ; et un quart-d'heure après les
juifs étaient partis, et tous les deux se
trouvaient seuls.

Le poète ouvrait la bouche pour ame-

ner, par une petite préparation, la déclaration qu'il voulait faire, lorsque
l'hôte, en personne, se montra suivi de
deux servantes qui l'aidaient à apporter
le déjeuner. Durst avait demandé ce
qu'il y avait de meilleur, des vins fins,
du dessert ; mais il ne s'était pas attendu
à avoir Henriette pour témoin de la
manière dont il usait, sans compliment,
de la recommandation faite par le chasseur de la comtesse à l'aubergiste, de le
traiter le mieux possible, comme un
autre elle-même pour ainsi dire.

« Ah ! bon Dieu ! pour qui donc tout
cela ? demanda-t-il en affectant beaucoup de surprise.

— Mais c'est Monsieur qui a com-
mandé lui-même son déjeuner, répliqua l'hôte ; Monsieur a voulu avoir....

— Il suffit, dit Henriette d'un ton sec.

— Tiens! c'est mam'selle Pouff!....
Je ne vous ai pas vue monter.

— Laissez - nous, reprit Henriette;
j'ai quelque chose à dire à Monsieur. »

L'aubergiste sé retira en souriant d'un
air fin, et ferma soigneusement la porte.

« Ecoutez, monsieur Durst, dit Henriette; vous êtes, je le répète, un bon
garçon, et c'est pour cela que j'ai de
l'amitié pour vous.

— Ah! si cette amitié, fille divine,
pouvait devenir....

— Elle ne deviendra rien autre chose
que de l'amitié, ou bien elle se réduira
à *zéro*, je vous en avertis, si vous n'êtes
pas ce que je vous ai cru jusqu'à ce
jour, et ce que vous vous êtes montré

tout-à-l'heure encore, un homme simpl
et loyal.

— Comment ai-je mérité....

— Je n'en sais ma foi rien ; mais il y
a dans vos manières un je ne sais quoi
qui annonce quelqu'un tout prêt à devenir fat, et peut-être à se prévaloir,
à abuser même des bontés qu'on a pour
lui.

— Vous me traitez avec une cruauté...

— Je vous laisserais faire si j'avais
moins d'estime pour vous, si je n'éprou-
vais pas un désir bien vrai de voir votre
position devenir meilleure, et de vous
procurer un sort heureux.... Mais tenez,
s'il faut le dire, je ne suis pas contente
de vous. Qu'est-ce que cela signifie, de se
faire servir comme un prince ? Qu'est-ce
que c'est que cet étalage fait à votre inten-

tion? Qu'est-ce que c'est encore que ces airs de tête que vous êtes tout disposé à prendre, même avec moi, parce qu'apparemment vous avez un habit neuf!... Le pasteur va venir vous voir; ne soyez avec lui ni humble ni arrogant; soyez homme, c'est-à-dire poli et reconnaissant, mais fier pourtant, comme il convient à quelqu'un qui se trouve dans l'infortune, sans qu'il y ait de sa faute. La souplesse, entendez-vous, vous ferait autant de tort dans son esprit que l'impertinence.... Heureusement pour vous, personne que moi n'a vu qu'au besoin.... Non, je ne veux rien dire qui puisse vous fâcher. Adieu, touchez là! Je ne vous en veux pas, quoique pourtant je ne sois pas contente. »

Durst ne savait trop où il en était avec cette singulière fille; il se sentait confus, parce que sa conscience lui disait

tout bas qu'il méritait les reproches qu'
venait de recevoir ; d'un air timide
porta à ses lèvres la main qu'on lui avai
tendue, et à l'instant Henriette disparut.

« Comment, vous voilà ici ? dit le
pasteur, qui montait l'escalier comme
elle descendait.

— Oui, me voilà ici, répondit-elle
sans hésitation, sans embarras. J'ai voulu
voir mon protégé.

— Quel empressement ! » reprit le
pasteur avec un peu d'amertume ; il
était amoureux, et par conséquent jaloux. « Savez-vous que cette démarche
n'est pas du tout convenable ? Pourquoi
ne m'avoir pas dit quelle était votre intention ? nous serions venus ensemble.

— Je voulais venir seule, repartit
Henriette.

—Vous aviez donc quelque chose de
bien particulier à lui dire?

—Qu'est-ce que cela vous fait?...
Tenez, monsieur Sébaldus, vous m'im-
patientez terriblement depuis quelque
temps. Vous surveillez toutes mes dé-
marches, vous voulez savoir toutes mes
pensées; je ne suis pas accoutumée à
cela, et je ne m'y accoutumerai pas, entendez-vous?.... Cela vous donne de
l'humeur.....Oh! je le vois! J'en suis
fâchée; mais je suis libre, libre comme
l'air, et je veux conserver ma liberté.
À ce soir, et sans rancune. »

En disant ces mots, Henriette descendit rapidement l'escalier, et sortit de
l'auberge pour s'en retourner au château.

Chemin faisant elle réfléchit bien sérieusement à ce qui venait de se passer,

et elle sentit se réveiller en elle ce senti
ment de répulsion que déjà elle avai
éprouvé en voyant de près les gens aux-
quels elle avait supposé, au premier
coup-d'œil, une foule de bonnes qualités.

Ne voulant faire part à personne de
ses remarques et du secret mécontentement qui l'agitait, elle se glissa jusqu'à
sa chambre, et elle s'y renferma pour
rêver et méditer à son aise.

*****

CHAPITRE XXIII.

*****

Le Médecin de l'Ame.

On attendait le pasteur à dîner ; il ne
vint pas, et fit prévenir la comtesse qu'il
ne serait libre que le soir ; ce retard
donna à Henriette, fort mal disposée
pour lui, le temps de se calmer, et le

hasard ayant éloigné, toute l'après-dîner,
la noble dame de la salle où travaillaient
à côté l'une de l'autre la baronne et
Henriette, celle-ci se trouva entraînée,
comme malgré elle, à dire ce qui se
passait dans sa tête ; car la baronne voulut absolument savoir pourquoi elle était
ainsi triste et rêveuse.

« Eh ! bien, je vais vous l'apprendre, » répondit enfin la jeune fille pres-
sée de questions. « Je pense, depuis ce
matin, combien on a tort souvent de
s'en rapporter aux apparences.

— A quel propos ces pensées-là te
sont-elles venues ?

— Oh ! les à-propos ne me manquent
pas !

— Mais encore ?

— Eh! bien, s'il faut le dire, mais seulement à vous, » reprit Henriette en rapprochant sa chaise du fauteuil de la baronne, « ce jeune poète, que je croyais si discret, si modeste, si réservé....

— Qu'a-t-il fait? En vérité tu m'effraies, mon enfant!

— Il n'a rien fait de mal absolument; mais un peu plus, il deviendrait volontiers un fat et un impertinent.

— Comment cela?

— Oh! si vous aviez vu les airs de prince qu'il se donne à l'auberge des Trois-Couronnes!

— Qui t'a dit cela?

— Qui? Pardi! mes yeux, mes oreilles!

8..

— Tu serais allée le voir?....

— Sûrement que j'y suis allée.

— Mais, ma chère Henriette, tu ne te corrigeras donc jamais de ton étourderie. Il sortait d'ici....

— Je voulais lui parler.

— Qu'avais-tu de si pressant à lui dire?

— Je voulais le mettre en garde contre le pasteur.

— En garde! Et pourquoi?

— Parce que.... parce que le pasteur est un homme....

— Je ne te comprends pas du tout.

— Petite marraine, vous savez bien
comme le gros - major, qui venait ici
bien souvent l'été dernier, était quelquefois dur et injuste avec ceux de ses
officiers dont la conversation paraissait
me plaire?

— Oui, je m'en souviens.

— Il était injuste et dur, parce qu'il
était jaloux....

— Je le crois comme toi ; mais quelle
conséquence tires-tu de là relativement
au pasteur?

— Comme si, pour le savoir, vous
aviez besoin de me le demander? Comme
si vous ne vous étiez pas bien aper-
çue... » Henriette s'arrêta en baissant les
yeux et en rougissant.

« Je te comprends maintenant, dit la baronne avec un doux sourire. Tu as craint que la jalousie ne rendît aussi le pasteur injuste et dur, et tu as voulu préparer Durst à se conduire de manière à ne pas blesser celui de qui dépend, en quelque sorte, sa destinée !.... Ai-je deviné ?

— Oh ! vous devinez toujours à mi-mot ; ce n'est pas comme Sa Grâce, à qui il faut tout expliquer, depuis le commencement jusqu'à la fin.

— Tu prends donc un intérêt bien vif à ce jeune poète ?

— Cet intérêt a beaucoup diminué. Si vous saviez comme il se pavanait dans son nouvel habit ! Si vous aviez entendu de quel ton il parlait à l'aubergiste !....

Il semblait avoir oublié qu'hier encore....
Mon Dieu! que les hommes sont vains
et sots! Je suis sûre qu'il était bien plus
fier de l'hommage rendu en sa personne
aux ordres de ma marraine, que de l'a-
mitié que je lui témoignais hier lorsqu'il
se plaignait de n'avoir pas au monde un
seul être qui prît intérêt à lui!

— Mais, Henriette, tout ce que tu
me dis là me fait presque craindre que
tu ne l'aimes.... d'amour.

— Oh! vous avez tort de le craindre,
petite marraine. Je n'aimerai jamais un
homme sans fierté, sans caractère. Durst
est un bon garçon; il a été bon fils....
mais voilà tout; volontiers il deviendrait
souple et même rampant, pour peu que
cela pût lui procurer quelqu'aisance.....
L'homme que j'aimerai ne doit pas être
fait ainsi; il doit supporter l'infortune

avec fermeté ; n'accepter qu'avec répu-
gnance les secours offerts , n'en user
qu'avec la plus grande délicatesse.... enfin il doit. être tout différent de Durst,
au moral et au physique.... car il n'est
pas beau, le pauvre garçon !... .

— Ainsi, le résultat de ta visite, dit la
baronne charmée de la candeur d'Henriette, a été de te refroidir tout-à-fait
pour ton protégé ?

— Tout-à-fait, non ; mais je doute
maintenant de son talent, parce qu'il
me semble qu'on ne .peut pas être bon
poète si l'on n'a pas une âme élevée.

— Laissons là son talent, et parlons
seulement de sa personne. Tu n'éprouves
plus aucune inquiétude sur le jugement
qu'en aura porté le pasteur?

—Si fait vraiment ; je serais bien fâchée que Sa Grâce lui retirât sa protection ; car enfin il est malheureux, et ce n'est pas un crime que d'être fat et sot. »

Le retour de la comtesse interrompit l'entretien, et l'on parla d'autre chose.

« Eh! bien, Pasteur, que pensez-vous du protégé d'Henriette ? demanda la comtesse à Sébaldus dès qu'elle le vit paraître.

— Je pense, Madame, répondit-il en s'asseyant à côté de la jeune fille, que c'est un homme manqué.

— Un homme manqué!.... Qu'entendez-vous par-là ?

— Il y avait en lui de l'étoffe pour faire un homme; une mauvaise éducation, des principes vrais en eux-mêmes,

8...

mais exagérés dans leur application, ont
tout gâté. Durst a été élevé jusqu'à l'âge
de quinze ans par son père, véritable
misanthrope, ne voyant le monde que
par son mauvais côté; ce père a rempli
l'âme du jeune homme de la pensée
qu'ici-bas les travaux utiles, le mérite
réel, les services importans, ne sont des
titres ni à l'amour de ses semblables,
ni surtout à la fortune et à l'avancement
dans le monde : tout cela, j'en conviens,
est fondé sur la vérité; mais toute vérité n'est pas bonne à dire, aux jeunes
gens surtout, dont le caractère n'est pas
encore formé, dont la raison n'est pas
encore développée. A vingt ans, un
jeune homme doit être prévenu des dé-
boires qu'il éprouvera dans le monde;
à quinze ans, s'il les entrevoit d'avance,
il en tirera de fausses conséquences dès
qu'il sera abandonné à lui-même; et
voilà ce qui est arrivé à Durst. Ayant

perdu son père, il s'est dit :« *A quoi bon travailler à devenir un homme remarquable et utile, puisque les ignorans et les flatteurs réussissent seuls?* » et les études ont été abandonnées. Plus tard, le hasard l'ayant mis en relation avec quelques gens de lettres, il s'est cru poète; il a cru sentir en lui le feu du génie; il a brûlé du désir de s'illustrer et de conquérir l'admiration de ses contemporains et celle des générations à venir; cette folie a achevé sa perte. Il a près de trente ans maintenant, et il ne sait rien, et il n'est rien, et il n'est propre à rien.

— Comme vous êtes sévère, monsieur le Pasteur! dit Henriette.

— Comment, dit la comtesse à son tour, il n'est propre absolument à rien?

—Je le crains pour lui. Il veut se croire un génie ; à l'entendre, les Muses l'inspirent…. Cela peut être ; mais le métier de poète est un métier à mourir de faim….

—Je saurai bien empêcher qu'il meure de cette mort cruelle…. Dites-moi, Pasteur, et sa moralité, quelle est-elle ?

—Il m'a paru avoir beaucoup de droiture, une probité réelle, un cœur excellent. J'ai obtenu de lui la confidence de sa vie entière, et je répondrais qu'il est incapable de commettre une mauvaise action, une bassesse….

—Vous a-t-il lu les vers qu'il a faits ? Sont-ils bons ? » demanda Henriette.

La baronne sourit, et dit au pasteur :

« Vous saurez qu'il en a composé pour
Henriette, et qu'elle brûle d'envie de les
lire ou de les entendre.

—Je pense, répondit gravement le pasteur, que Durst est un honnête homme;
mais un mauvais poète.

— Pourquoi cela? reprit Henriette
avec un petit mouvement d'impatience.

— Ma chère Henriette, j'ai connu des
poètes, de vrais poètes, c'est-à-dire
quelques-uns de ces êtres remarquables
qui passent pour fous aux yeux du
monde, parce qu'ils sont doués d'une
façon toute particulière, parce qu'ils ont
en eux quelque chose qui les élève tel-
lement au-dessus de la terre, qu'au sein
de la misère ils goûtent des jouissances
que ne peuvent comprendre les âmes
vulgaires... Et je vous réponds que Durst

ne fait point partie de ces gens-là. C'est
un rimailleur, mais ce n'est pas un poète;
il peut faire des vers passables, mais
non s'élever à la poésie, mais non
concevoir et rendre ces hautes pensées....

— J'en suis charmée, dit la comtesse
impatiemment; mon intention est de le
détourner de se lancer dans le vague,
et je prétends le ramener à marcher paisiblement terre à terre.

— Vous n'y parviendrez pas aisément,
Madame. Il veut voler dans les régions
éthérées, car il se croit des ailes.

— Nous les couperons ces ailes. Je
vous le déclare, Pasteur, j'ai pour lui
quelque chose en vue; mais ma première condition est qu'il s'engagera for-
mellement à ne plus faire de vers.

— Il ne s'y engagera pas, Madame, ou bien il manquera involontairement á sa promesse. C'est sa folie, c'est sa manie.

— Folie, manie, tout ce que vous voudrez ; il en guérira.

— J'oserai demander à Votre Grâce d'employer la douceur ; le pauvre diable est à moitié fou....

— Trop de ménagemens, repartit la comtesse, sont souvent plus nuisibles qu'utiles. S'il lui arrive de faire encore des vers, je l'abandonne sans pitié à la misère et à la faim.

— Votre Grâce veut qu'on la croie plus méchante qu'il ne lui est plus possible de l'être. D'ailleurs, Madame, il est prouvé que la contrariété exaspère la folie, comme elle exalte les passions.

M'est-il permis de demander ce q
Votre Grâce a l'intention de faire en f
veur de ce pauvre diable?

— J'ai pensé à lui donner la place d
Stolz, qui vient de mourir, et de l'envoyer, en qualité de surveillant, à ma
terre de Neerbourg. Là, il n'aura pas
grand'chose à faire; mais il sera obligé
de courir beaucoup et de m'envoyer son
rapport toutes les semaines.

— Eh! bien, que Votre Grâce, au
lieu de lui défendre de rimer, lui ordonne au contraire de composer ses rap-
ports en vers, et je parie qu'avant un
mois d'ici, il aura par-dessus les yeux
de sa prétendue poésie, et de sa passion
pour la césure et la rime.

— Eh! bien, j'y consens, dit la comtesse en riant. Que dis-tu de ce moyen,
Henriette?

— Oh! moi, rien du tout ; seulement ;
je ne vois pas pourquoi monsieur le Pasteur s'acharne à rendre malheureux ce
pauvre garçon, et à vouloir le priver du
plaisir qu'il trouve à faire des vers.

— Mais, reprit la comtesse, ce reproche doit s'adresser, il me semble,
plutôt à moi qu'à lui.... Voilà comme
sont les jeunes gens : dès qu'on cherche
à les guérir de leur folie, ils vous ac-
cusent d'injustice, de tyrannie, et de ne
songer qu'à les rendre malheureux ! Le
moyen du pasteur me paraît bon, il me
plaît ; oui, ton protégé va être obligé
de faire tant de vers, tant de vers que sa
verve sera promptement épuisée.... Pasteur, j'ai un mot à vous dire. »

La comtesse se leva, et Sébaldus la
suivit dans l'embrasure d'une fenêtre ;
là, elle lui dit en baissant la voix : « Sa-

vez-vous que Durst est atteint encore
d'un autre genre de folie? Il est amoureux d'Henriette! Pour être conséquent
à votre maxime, que la contradiction
exalte les passions, il faudrait donc lui
procurer la facilité de voir Henriette tous
les jours....

— Non, pas du tout, » répondit le
pasteur avec vivacité, et une légère rougeur colora ses joues. « Si Durst n'était
que pauvre, ajouta-t-il aussitôt, je com-
prendrais qu'Henriette pût le payer de
retour.... Mais, réellement, il n'est pas
fait pour elle. Les séparer est donc le
parti le plus sage à prendre.

—Mais si ce pauvre diable allait, dans
son désespoir....

— Que Votre Grâce ne craigne rien;
Durst n'est pas du nombre de ces têtes

exaltées, auxquelles le désespoir suggère
l'idée d'un suicide. En le laissant libre
de se livrer à sa manie de rimer, vous lui
donnez la facilité de couvrir plusieurs
rames de papier de lamentations, de
sonnets, d'élégies; son amour s'évapo-
rera tout doucement ainsi en vaine fu-
mée, et l'absence achèvera la cure.

— Allons, dit la comtesse, je suivrai
vos conseils, quoique ces moyens dé-
tournés soient tout-à-fait opposés à mon
caractère. Je vous assure, Pasteur, que
l'indulgence ne sert souvent qu'à aggraver
le mal, et qu'il vaut mieux le couper
hardiment dans sa racine. »

Sébaldus resta toute la soirée; on
causa, mais Henriette ne prit pas une
part fort active à l'entretien; elle était
mécontente de tout le monde et d'elle-

même, sans trop savoir pourquoi; e
cette disposition chagrine la suivit jus
que dans le sommeil.

CHAPITRE XXIV.

******

Vanitas vanitatum !

Le jour suivant, Durst fut mandé au château ; il se hâta de se rendre aux ordres de sa protectrice ; mais il se sentit un peu intimidé en se trouvant seul

avec elle dans le salon, où l'on venai
de l'introduire. Vainement il cherchai
des yeux Henriette ou la baronne, qu'i
avait vue la veille pour la première fois, e
dont la figure, pleine de douceur, l'avait
charmé; la comtesse n'ayant pas jugé à
propos d'avoir des témoins de cette audience, s'était gardée de les faire avertir
qu'elle devait voir le jeune poète ce matin
même.

« J'ai un emploi à vous donner, dit la
noble dame; un emploi qui exigera de
vous peu d'études, et qui vous fournira
l'occasion d'exercer votre talent pour la
poésie. Vous partirez aujourd'hui pour
ma terre de Neerbourg; là, vous n'aurez
autre chose à faire que de surveiller mes
fermiers, de recevoir les plaintes, les
réclamations de mes vassaux, de toucher
mes revenus, de me les faire passer, et
de m'envoyer chaque semaine votre rap-

port, en vers, des événemens de la semaine précédente.

— Ce rapport doit être en vers? dit le
poète un peu surpris.

— Oui, je le souhaite ainsi, repartit
la comtesse d'un air fort sérieux. Vous
serez logé, nourri, défrayé de tout, et
vous recevrez annuellement trois cents
thalers d'appointement. Je n'en donnais
que deux cents à la personne qui vous a
précédé dans cet emploi; mais je veux dès
à présent vous faire voir que je sais traiter
chacun selon ses mérites. Bien certaine
d'être contente de vos services, je vous
promets d'augmenter l'année prochaine
le nombre des domaines soumis maintenant à votre surveillance, et d'assurer
ainsi pour la vie votre bien-être. »

Durst doutait d'avoir bien entendu :

il ouvrait de grands yeux et restait la
bouche béante en contemplation devant
la comtesse.

« Est-ce que cette place ne vous convient pas? lui demanda-t-elle avec bonté.

— Ah! Votre Grâce, peut-elle douter
de ma joie.... de ma reconnaissance! Je
suis accablé sous le poids de mon bonheur!..... O ma pauvre mère, pourquoi
as-tu sitôt cessé de vivre! avec quelle
joie je t'aurais fait partager mon aisance!.... Ma mère! ma pauvre mère!»
et il fondit en larmes, en se cachant la
tête dans ses deux mains.

La comtesse se sentit émue de cette
douleur si vraie, de ces regrets d'un bon
cœur.

« Il faut partir dès aujourd'hui, dit-
elle après un moment de silence; oui, il

le faut; la vue d'objets tout nouveaux,
des occupations forcées, et de tous les
jours, vous arracheront à vous-même.
Je me charge, entendez-vous, de vos
adieux à Henriette. Allez de suite chez
le pasteur; il vous donnera les instruc-
tions nécessaires. Vous, de votre côté,
vous lui laisserez vos manuscrits, et nous
verrons quel parti on en peut tirer. Con-
duisez-vous bien; tâchez d'acquérir par
le travail les connaissances qui vous manquent; devenez un homme utile, labo-
rieux, un homme de bien, et vous n'aurez
pas à vous en repentir. »

En disant ces mots, la noble dame
fit une légère inclination de tête et rentra
dans son appartement, sans donner le
temps à Durst d'exprimer la vive grati-
tude dont il était pénétré.

Au moment où le poète recevait son

congé, Henriette était auprès de son père adoptif, qui jurait comme un vrai diable contre une nouvelle attaque de rhumatisme qu'il essuyait en ce moment. La patience n'avait jamais été l'une des vertus favorites de Jean Pouff, et plus il avançait en âge, plus il se montrait emporté. Il s'indignait, comme le font souvent les vieillards, en sentant s'affaiblir toutes ses facultés ; il se plaignait de devenir paresseux et lent, d'avoir des accès d'humeur sans motif, de perdre en partie la mémoire, et de ne pouvoir, comme autrefois, conduire de front ses nombreux travaux. Henriette alors quittait le château, renonçait à la vie agréable qu'elle y menait, pour venir soigner son vieux père ; pour le remplacer dans les champs, dans la forêt ; pour surveiller le défrichement des terrains dépouillés de bois l'année précédente, ou les plantations ordonnées par la comtesse, ou enfin la

vente des arbres à fruit, sauvageons et
greffes, qu'on élevait dans de vastes pé-
pinières. Elle s'entendait aussi bien que
Jean Pouff au mesurage des bois de
charpente, et souvent le vieillard enchanté disait : « J'ai regretté bien des
fois d'avoir trouvé dans ma gibecière
une fille au lieu d'un garçon, et je le
regretterais encore aujourd'hui, en songeant qu'un jour tu me remplacerais
dignement, si, d'un autre côté, tu n'avais
pas pour moi les soins qu'on ne peut
attendre que des femmes, la mienne
exceptée.

— Mais, mon père, disait Henriette,
pourquoi ne demanderiez-vous pas à Sa
Grâce de vous donner un adjoint?

— Un adjoint! un sot, qui me dirait
tout le long du jour que je radote! Un
fainéant, qui passerait sa vie à chasser,

et laisserait les arbres péricliter sur pied!
Un libertin, qui courrait après toutes
les filles, après toi la première! Un
mange-tout, qui passerait son temps au
cabaret! Un....

— Mais, mon père, il y a pourtant
d'honnêtes gens dans le monde.

— Nommes-en un, un seul pour
voir! »

Henriette hésita; en ce moment elle
songeait à Durst. Le mouvement d'humeur qu'elle avait éprouvé contre lui
était passé, et elle se disait que peut-
être l'emploi de forestier en second pourrait lui convenir; cette idée était venue
subitement à la jeune fille; elle se croyait
certaine de n'avoir qu'à la communiquer
à la comtesse pour la voir adoptée; mais
il fallait y préparer tout doucement le

vieux Pouff, ce qui n'était pas facile.

« Quand Son Excellence, reprit le forestier, me parlera de prendre un adjoint, je saurai que cela veut dire :
*Vieux Jean Pouff, tu n'es plus bon à
rien, donne ta place à un autre.* »

Ces mots fermèrent la bouche à Henriette ; mais elle ne put s'empêcher de
soupirer, et pourtant elle n'aimait pas le
pauvre poète, oh ! pas du tout ; pourquoi donc ressentait-elle une espèce de
regret, en songeant qu'il était possible
que Durst quittât le pays ? Elle n'en savait rien, la jeune fille ; elle ne se doutait pas encore, mais pas du tout, que
dans le cœur des femmes est une corde
toujours tendue, qui, lorsqu'on la fait
vibrer, rend un son presqu'aussi enivrant
que ceux produits par la voix de l'a-
mour ; elle ignorait que la vanité peut

faire naître, comme l'amour, de vagues
rêveries, et faire attacher aussi du prix
à ce qui n'en a pas; que la vanité sait
se revêtir des formes trompeuses d'une
belle et bonne passion, embellir l'objet
qui la caresse, lui prêter mille attraits,
en dépit du cœur lui-même et de la
raison, et enfin entraîner une femme
plus loin, bien plus loin peut-être qu'une
passion réelle. Or, Henriette avait été
singulièrement flattée de l'idée d'être
immortalisée dans les vers de Durst; la
pensée qu'elle verrait *imprimés* les éloges
donnés à sa beauté; la pensée que ces
éloges seraient ainsi lus et répétés par
mille et mille bouches, que son nom
volerait d'un bout de l'Allemagne à l'autre, avait produit sur elle un effet bien
plus grand que les flatteries qui lui
avaient été adressées jusqu'à ce jour :
de là naissait une sorte d'affection assez
tendre pour faire rêver et soupirer la

jeune fille. Elle ne s'en rapportait pas du
tout aux dires du pasteur, et se persua-
dait, sans beaucoup de peine, que la
jalousie seule l'avait empêché de vouloir
reconnaître le talent dont le pauvre poète
était doué. O vanité!... constante enne-
mie des femmes! Oui, tu' causes chez
elles autant de trouble et de ravages que
l'amour!

« Comment, il est parti! » dit Henriette en apprenant le jour suivant par
le pasteur ce que la comtesse avait fait
pour Durst. « Et parti sans me dire
adieu! ajouta-t-elle avec amertume.

—Les ordres de Sa Grâce étaient pres-
sans, » répondit Sébaldus. Un peu in-
quiet de l'effet que produisait cette
nouvelle, il se demanda tout bas :
«L'aimerait-elle? » Il dut le croire, et la
comtesse aussi, en remarquant le change-

ment qu'éprouva soudain l'humeur or-
dinairement si égale d'Henriette. Elle
n'avait plus de gaîté ; elle semblait s'en-
nuyer de ce qui lui avait plu jusqu'alors ;
et un soir, que l'on s'amusait à lire au
château les pitoyables vers du pauvre
Durst, elle se fâcha hautement de ce
que le pasteur en faisait ressortir mer-
veilleusement bien le ridicule.

Le lendemain, il fallut subir un interrogatoire fort sévère ; la comtesse la
croyait prise tout de bon ; ensuite vint
Augustine, dont la douceur, la condes-
cendance, calmèrent Henriette, sérieusement en colère contre le pasteur, contre
Durst lui-même, et contre tous les
hommes en général.

« Si cela continue, disait-elle le visage
en feu et l'œil étincelant, je les prendrai
tous en haine, en exécration ! Chacun

de ceux que j'ai connus m'a valu des désagrémens : d'abord cet indigne Stoppelfeld, ensuite les officiers qui m'ont fait bannir du château, le comte de L..., le pasteur, Durst, tous enfin. Je les déteste, je les abhorre, et, si jamais j'en aime un seul, je veux bien....

— Il ne faut jurer de rien, » dit Augustine en souriant du courroux où était Henriette. « Calme-toi, mon enfant : tu as tort de te fâcher ; car, en vérité, j'ai craint moi-même que ton cœur ne se fût donné à Durst.

— Oh ! dit Henriette, il n'en est rien, Dieu merci ; et je ne sais pourquoi Sa Grâce s'imagine que je suis amoureuse de tous les hommes que je vois. J'étais bien aise que Durst eût fait une chanson sur moi, quoiqu'il ne l'ait pas achevée ; mais ce que j'en ai vu me console de

9...

n'être point chantée par lui. Au nom du Ciel, que tous me laissent tranquille ; je ne demande que cela ! »

La baronne l'embrassa ; les larmes se séchèrent, et l'orage s'appaisa.

******

CHAPITRE XXV.

******

La Confidence.

L'hiver avait fui ; le doux printemps
faisait déjà sentir partout son aimable
influence ; les arbres se couvraient de
verdure ; les oiseaux commençaient à
chanter dans les bocages, et Henriette

mêlait ses chansons joyeuses à leurs con-
certs. Elle avait repris sa gaîté ; l'espoir
d'accompagner la comtesse dans la tour-
née que Sa Grâce faisait tous les deux
ans pour visiter ses domaines, lui causait
une joie inexprimable ; mais la comtesse
avait changé d'avis ; elle s'était dit que
maintenant sa *Virago* avait besoin d'être
surveillée de près ; que la conduire dans
les lieux habités par Durst, dont elle
était fort satisfaite, ne serait pas sage ;
enfin elle avait résolu de la laisser à
Spielberg chez son père ; car la baronne
devait accompagner cette fois la noble
dame.

Il n'en fut rien cependant ; l'avant-
veille du départ, la baronne se trouva
assez sérieusement incommodée pour se
voir obligée de renoncer à un voyage
dont elle se souciait peu, et ainsi se pré-
senta tout naturellement un prétexte de

laisser Henriette à Spielberg, sans qu'elle pût se plaindre du manque de párole de sa marraine.

Partagée entre sa tendresse pour Augustine et pour son père, qui avaient tous les deux un besoin égal de ses soins, et le regret de voir lui échapper une occasion de rompre la monotonie de sa vie, Henriette souriait et pleurait tout ensemble, en aidant la discrète Blandine à faire les malles; mais elle pleura tout de bon quand la comtesse dit adieu au brave Pouff, à ses gens rassemblés dans la cour, et monta en voiture après avoir embrassé sa filleule; et la pauvre enfant courut s'enfermer dans sa chambre, où elle passa une bonne demi-heure à se laver les yeux avec de l'eau fraîche, afin d'effacer les traces de sés larmes: elle ne voulait pas que la baronne et

son père se doutassent combien il lui
en coûtait de rester auprès d'eux.

« Console-toi, dit Pouff, qui l'attendait dans la salle basse; Son Excellence
m'a bien promis que l'année prochaine
elle laissera à son fils le soin de faire
ces tournées-là. Cela commence à devenir fatigant pour notre bonne dame:
riches et pauvres, tout ça vieillit en
même temps; et si je ne suis plus in-
gambe comme jadis, Son Excellence a
les mêmes raisons que moi pour aimer
le repos et ses aises. Aie bien soin de
madame la baronne, entends-tu, et viens
me voir demain; j'ai mes arpenteurs à
mettre en campagne. Je veux, qu'à son
retour, notre jeune seigneur trouve bien
en ordre les plans que j'ai commencé
à lever du beau domaine de Spielberg. »

Pouff ayant embrassé Henriette, la laissa libre de retourner auprès d'Augustine.

La baronne était couchée sur un lit de repos dans le salon. Un doux sourire accueillit Henriette, et sa petite marraine lui dit : « Je te dois un dédommagement, mon enfant, pour la privation que tu éprouves, et dont je suis la cause. Nous irons voir mon château de Lauterbach, dont je t'ai parlé si souvent. »

Henriette fit un cri de joie, et sauta au cou de l'aimable femme en s'écriant : « Oh! que je vous aime! que vous êtes bonne!.... Nous irons à Lauterbach, bien sûr?

— Je te le promets. Dans quelques jours je serai rétablie, je l'espère ; mais

je veux que dès aujourd'hui tu écrives
l'intendant de tout préparer pour no
recevoir. »

Henriette courut chercher aussitôt l
petit pupitre de la baronne; la lettre fu
écrite à l'instant, remise à un exprès,
et, avec toute la joie d'un enfant, Henriette se livra au plaisir de parler des
distractions que lui promettait ce voyage.

« Il ne faut pas te flatter ainsi, » di
la baronne qui l'avait écoutée d'un
à-la-fois triste et doux. « Tu verras, ma
chère petite, une demeure abandonnée
depuis bien des années, et où je ne
pourrai rentrer sans verser des torrens
de larmes; nous y vivrons plus solitaires
encore qu'à Spielberg..... Henriette, tu
seras la première personne qui aura été
admise à Lauterbach..... depuis que j'ai
quitté ces lieux, emportant dans mon

cœur le trait qui le déchire!... Laisse-
moi, mon enfant; j'ai besoin d'être seule
et de pouvoir me livrer sans contrainte
à mes pensées. »

Un tendre baiser fut la réponse d'Henriette, qui se retira, quoiqu'à regret :
mais dans l'après-midi, la baronne étant
beaucoup mieux, la jeune fille hasarda
quelques questions, et le secret long-
temps renfermé dans le cœur d'Augustine, s'en échappa enfin. Entraînée malgré
elle, Augustine se laissa aller à des con-
fidences que la prudence aurait dû la
détourner de faire à Henriette : tant il est
vrai que les personnes les plus réservées
et les plus sages, ont des momens de fai-
blesse dont le diable sait profiter.

« Oui, dit-elle avec exaltation, j'ai
aimé passionnément, et je fus aimée de
même ! »

Ces mots avaient été prononcés d'une
manière si expressive, qu'Henriette sentit un frisson subit parcourir ses veines;
les yeux attachés sur la baronne, elle attendait en silence des explications qu'elle
n'osait demander; elle s'y décida cependant, parce qu'Augustine gardait le silence.

« Comment se nommait-il celui qui
vous aimait, et que vous aimiez tant?
dit-elle à mi-voix.

— Edmond, Edmond de Berg.

— Il était beau, bien beau?

— Il paraissait tel à mes yeux.

— Il était toujours avec vous?

— Non, presque jamais; mais son

image me suivait en tout lieu. Le jour, la
nuit, à toute heure elle m'était présente ;
sa pensée se trouvait si étroitement unie
à ma pensée, qu'elle se mêlait à mes
moindres désirs et aux actions les plus
indifférentes. Je passais mes journées et
une partie de mes nuits à lui écrire, ou
bien à relire ses lettres brûlantes d'a-
mour ; ses lettres qui jetaient le trouble
dans tout mon être, qui m'enivraient de
joie, de douleur, de regret et de tendresse ; mes larmes, mes baisers couvraient ces caractères chéris, tracés par
une main adorée....

— Est-ce qu'il ne venait jamais vous
voir ? »

A cette question, Augustine tressaillit, pâlit, puis ses joues devinrent rouges et brûlantes ; elle répondit en baissant la voix : « Il.... venait.... quelquefois....

— Alors vous étiez bien contente?

— Ah! peux-tu le demander! De quelle joie brillait son regard! que d'amour dans ses yeux, sans cesse fixés sur les miens!....

— Et qu'est-ce qu'il vous disait?

— Tout ce qu'on dit quand on aime!

— Mais encore?

— Il me disait qu'il ne vivait que pour moi; qu'il vivait de ma vie; que j'étais son unique pensée; que mon image était constamment présente à ses regards; qu'il me voyait partout; que mon nom errait sans cesse sur ses lèvres....

— C'était comme vous!.... C'est donc à Lauterbach qu'il venait?

— Oui, je m'étais retirée dans cette profonde solitude; ma vie se passait à rêver sous ces beaux ombrages, à penser à lui, à l'attendre, puis à le regretter. Je ne comptais de jours d'existence que ceux où je le voyais; les autres ne laissaient dans ma mémoire aucune trace, aucun souvenir. Ah! l'amour est un délire à nul autre comparable! L'âme qu'il remplit oublie l'univers entier; elle oublie tout ce qui n'est pas l'objet de sa tendresse! Pour lui, aucun sacrifice ne paraît trop grand! Devant lui, tout s'évanouit, tout s'efface... jusqu'aux tourmens qu'il cause, se changent en délices... »

Le cœur d'Henriette battait plus vite et plus fort qu'il n'avait encore battu, car l'accent d'Augustine en disait bien davantage que les paroles.

« Et c'est Sa Grâce, dit-elle enfin en

soupirant, qui vous a séparés tous-le
deux?

— Les convenances aussi... mais plus
encore, mon Henriette, la crainte de le
rendre malheureux....

— Comment? je ne vous comprend
pas !

— Si j'avais été riche, j'aurais, pour
devenir l'épouse d'Edmond, oui, j'aurais
tout bravé, tout, jusqu'à la colère d
ma tante. Mais qu'avais-je à lui offrir po
dot?... la gêne! la misère! En devenan
sa femme, je l'arrêtais dans sa carrière
une fois marié, un militaire voit dimi
nuer les chances d'avancement, l'espo
de faire fortune... Edmond pouvait êtr
heureux sans moi; moi, je ne pouva
l'être sans lui.... Eh! quelle est la femm
qui ne se sacrifierait pas tout entiè
pour celui qu'elle aime!.... Il ne voul

pas me céder en générosité..... Quels
adieux !.. Oh ! peut-on éprouver à-la-fois
tant de douleurs et de délices, et ne pas
mourir ! »

Augustine se cacha la tête dans son
mouchoir : elle pleurait ; Henriette aussi
pleurait ; elle tenait serrée entre ses mains
l'une des mains de la baronne, et tantôt
elle la pressait contre son cœur, tantôt
elle la portait à ses lèvres.

« Quand il ne fut plus là, dit Augustine après un long silence, je crus
que le jour d'ensuite j'aurais cessé de
vivre.... Quel vide affreux !... plus rien,
plus rien que ma douleur, mes larmes !...
mes larmes et ma douleur !... Tout était
mort ; la verdure était sombre, le ciel
était pour moi couvert d'épais nuages ;
je ne le voyais qu'à travers mes pleurs !...
Les jours, les semaines, les mois s'écou-

lèrent... Je croyais avoir épuisé la coupe
du malheur !..... Je me trompais...... Ma
raison s'égara..... j'ignore ce que je de-
vins, ce qu'on fit de moi !... Henriette,
Henriette, oh ! puisses-tu ne connaître
jamais l'amour !.... Hélas ! ce vœu est
inutile !.... mais du moins jure - moi,
oui, jure de me confier à l'instant, sans
retard, les mouvemens de ton âme.... de
me dire avec candeur les changemens
que tu remarqueras dans ton cœur !.....

— Je vous le jure ! » répondit Henriette sans hésiter.

La baronne reçut dans la sienne la
main que la jeune fille lui tendait comme
gage de sa sincérité, et elle parut devenir plus calme. Laissant aller sa tête sur
les coussins qui la soutenaient, elle ferma
les yeux ; des larmes silencieuses coulaient sur ses joues pâles. Henriette, as-

sise à ses côtés, la contemplait avec une tendresse mêlée de compassion. Elle se sentait oppressée ; bien des questions erraient encore sur ses lèvres ; mais elle n'osait en faire aucune.

« Qu'est-il devenu? » demanda-t-elle enfin et en hésitant.

La baronne tressaillit, et répondit d'une voix qu'on entendait à peine : « Hélas! depuis bien des années je l'ignore.... et je n'ai pas cherché à le savoir. Il fallait me faire oublier; il fallait, par mon silence, laisser au temps, à l'absence tout leur pouvoir.... S'il.... existe encore, mon image.... doit être effacée.... Une autre peut-être....

—Oh! non, non, dit Henriette vivement. Ah! qui aurait pu vous remplacer!

— Pauvre enfant! tu connais peu le monde! tu ne connais pas les hommes!.. Cependant je ne l'accuse pas..... Oh! non! je l'ai voulu! j'ai demandé à Dieu, je lui ai demandé à genoux de le guérir!.. Aurais-je pu vouloir qu'il endurât un supplice semblable au mien!.... Oh! non, mille fois! Que je souffre seule, qu'il m'oublie, qu'il soit heureux, ce fut toujours l'unique vœu de mon cœur!»

Il était nuit depuis long-temps, et la baronne ne songeait point à sonner pour demander de la lumière, lorsque Gertrude, la vieille femme de chambre, parut, apportant des flambeaux et grommelant de ce que sa maîtresse veillait si tard. Il fallut se retirer; la baronne d'ailleurs avait besoin de solitude; elle embrassa tendrement Henriette, qui demeura, après son départ, plongée dans une profonde rêverie.

« Mam'selle Henriette! mam'selle Henriette! ne m'entendez-vous donc pas? » dit une voix.

Henriette lève la tête en tressaillant; elle voit Gertrude debout devant elle.

« Je suis venue vous *prier*, dit la vieille femme de chambre, de détourner ma maîtresse d'aller à Lauterbach, comme elle en a manifesté l'intention. Il ne manquerait plus que ce voyage pour la rendre tout-à-fait malade. Il ne faut pas qu'elle y aille, entendez-vous? Moi, j'aurais beau dire, elle ne m'écouterait pas; au lieu que vous, vous qu'elle aime, qu'elle chérit, vous parviendrez aisément à lui faire comprendre.... que vous ne vous en souciez pas.

—Mais c'est qu'au contraire, je m'en soucie beaucoup, répondit naïvement Henriette.

— Vous ne vous en soucierez plus,
quand je vous aurai répété que si vous
allez dans cet endroit, où Madame fut si
malheureuse et si malade, vous courez
le risque de la voir mourir de saisisse-
ment.

— Mourir!... Oh! vous avez raison,
Gertrude, je ne m'en soucie plus du
tout. Laissez-moi faire; elle n'y allait
que pour moi; soyez tranquille, nous
resterons à Spielberg, je vous le promets. » Et cet engagement fut pris sans
qu'il en coûtât à Henriette un seul regret.

FIN DU TOME SECOND.

TABLE DES CHAPITRES

Contenus

DANS LE SECOND VOLUME.

———

Imprimerie de E. CHAIGNET, à Rambouillet.

ÉLISKA,

OU LES FRANÇAIS EN PAYS CONQUIS,

ÉPISODE DE L'HISTOIRE CONTEMPORAINE.

Par Mlle S.-U. Dudrézene,

Cinq Volumes in-12.

LA GRANDE DAME

ET LE VILLAGEOIS.

Par M. H. De Chateaulin,

ANCIEN COLONEL.

Trois Volumes in-12.

BIOGRAPHIE

DES HOMMES REMARQUABLES

DU DÉPARTEMENT DE SEINE-ET-OISE,

Depuis le commencement de la Monarchie jusqu'à ce jour.

Par MM. Daniel.

Un fort Volume in-8º, papier fin.

IMPRIMERIE DE E. CHAIGNET,

A Rambouillet.